Contravida

Augusto Roa Bastos

Contravida

ALFAGUARA

© 1994, Augusto Roa Bastos
© De esta edición:
1995, Santillana, S. A.
Juan Bravo, 38. 28006 Madrid
Teléfono (91) 322 47 00
Telefax (91) 322 47 71

• Aguilar, Altea, Taurus, Alfaguara S. A.
Beazley 3860. 1437 Buenos Aires
• Aguilar, Altea, Taurus, Alfaguara S. A. de C. V.
Avda. Universidad, 767, Col. del Valle,
México, D.F. C. P. 03100

ISBN: 84-204-8164-5
Depósito legal: M. 8.266-1995
Diseño:
Proyecto de Enric Satué
© Ilustración de cubierta:
Puerta del Paraíso.
Óleo sobre lienzo de Juan Zárate.

Por cortesía de la Galería Sen.

A mi pueblo de Iturbe

Primera parte

I

Lo primero que percibí de mi cuerpo fue el hedor a carroña.

En la postura lisiada de los condenados estaba semihundido en el lodo y la maleza. A través de la bolsas sanguinolentas de los párpados, veía borrosamente mi cuerpo, negro de moscas, de avispitas chupadoras, de las temibles hormigas *tahyi-rë* que subían en hileras por mis miembros.

El vaho salobre del viento que soplaba desde la bahía me escocía las grietas purulentas de las heridas. El calor y la muerte se movían en el mismo viento.

No me sentía del todo muerto, pero hubiera deseado estarlo como los demás.

Llevé con gran esfuerzo la mano sobre el pecho. Percibí los latidos de la sangre que se esparcía por el cuerpo como arena. El corazón de un muerto no late, pensé en el vértigo ondeante de la pesadilla.

Esa arena de sangre seca corriendo por mis venas formaba parte de esa pesadilla que ya no iba a cesar.

No era cadáver aún, pero llevaba la muerte en el pecho. Un enorme y ácido tumor. Me llenaba todo el cuerpo. Ocupaba mi lugar.

Ese tumor era lúgubre porque era todavía existencia.

Unas mujeres de la Chacarita me habían recogido de noche en una carretilla y me llevaron a un rancho lleno de humedad, de miseria, de luto.

¿Por qué en la Chacarita, ese lugar de inundaciones, de matones seccionaleros, de suntuosas mansiones de nuevos ricos, de pobladores sumidos en la miseria absoluta?

¿Qué fuerza de atracción, de instinto, de presentimiento, me había llevado hasta ese lugar?

Yo estaba inconsciente, de modo que en los primeros días no me daba cuenta de nada.

No podía explicarme nada. No recordaba nada.

II

Por esas mujeres supe después que había estado yaciendo en el barro del potrero desde hacía por lo menos tres días, cuando empezó a propalarse por radio y televisión la noticia de la fuga.

El azar es mi aliado, mi cómplice.

Sé que es también mi mortal enemigo. Juega conmigo de las maneras más astutas y extrañas. Vivo bajo su signo y es seguro que bajo su signo exhalaré también el último suspiro.

Los recuerdos no eran para mí ahora más que los hechos relatados confusamente por esas mujeres que me observaban entre alarmadas y compasivas.

Me rodeaban sus siluetas oscuras, intemporales. Para ellas no existía el tiempo. Sólo la inmediata memoria del presente. En esa memoria de lo inmediato había entrado un desconocido a punto de morir. Era todo lo que sabían.

Secreteaban entre ellas sus comentarios en voz baja como en el adelantado velorio de alguien a quien la muerte sólo ha concedido una tregua.

III

Me escondieron en una de las zanjas de desagüe que sirven para canalizar los raudales de las lluvias, cubierta de espesa vegetación.

Las mujeres se fueron en seguida, con la conjura de un secreto que no debían ni podían denunciar.

Sólo quedó la dueña de casa, una anciana de flacura esquelética a quien no le podía ver la cara tapada a medias por el oscuro y andrajoso manto.

Envuelto de la cabeza a los pies en vendas de trapo apretadas sobre camadas de hierbas medicinales machacadas, aspiraba esos zumos silvestres acres y suaves. Fui reconociendo el aroma del romero, del taropé, del *ysypó* milhombre, que me acercaban a la lejana y ya inaccesible realidad del pueblo natal.

Desde la zanja, oculta por salvaje vegetación, el día se deslizaba entre dos horizontes de sombra y luz, que sólo significaban para mí grados de una noche continua de nunca acabar.

La hondonada entera se llenaba por momentos de un viento coagulado en la inmovilidad de un aviso silencioso pero amenazador.

El calor pesaba entonces sobre mi cuerpo como un bloque de piedra.

Llegaban hasta mí el ladrido lejano de los perros, el gemir de las raíces, el rebullir de las ratas, el aliento de los bajos fondos donde el crimen incuba sus babas de plomo.

Las hojas ocultaban las estrellas y la luna. En la tiniebla blanca del mediodía el sol era apenas una mancha rojiza deslizándose en medio del boscaje hasta que se borraba en la total oscuridad.

El hambriento ulular de alguna lechuza me indicaba que la noche era noche. La tortura de los huesos, que el día era día. La angustia de la espera, que el tiempo es inmóvil como la eternidad.

El débil batir de mi pulso comprimido por las vendas me atronaba en el oído con el sordo estruendo de una explosión.

Después advertí que no era mi pulso sino el eco en mi espíritu de la conmoción del derrumbe.

Cuando ese sordo fragor se acabara de extinguir, iba a estar muerto, sin saberlo. Como había nacido.

IV

La dueña de casa me llevaba caldos que mis labios rotos por el choque de una laja en el túnel sólo podían sorber a tragos lentos y espaciados. Me aflojó la venda de la cabeza.

Reconocí el sitio donde las mujeres me habían guarecido: el triángulo escaleno que va desde la catedral al antiguo seminario, convertido en cárcel; desde el viejo Cabildo pasando por el enorme castillo de la Escuela Militar, hasta el Departamento de Policía.

No había corrido en mi fuga más de quinientos metros, hasta caer por el derrumbadero de los basurales en el hondón del potrero, lejos de las casas altas que los mercenarios enriquecidos del régimen habían hecho levantar en su lugar de origen de barro y miseria.

Empecé a oír las campanadas de la catedral dando las horas. Esas campanadas me recordaban la queja de los presos contra el reloj catedralicio: *En lugar de tocar horas, por qué no tocas siglos...*
Un refrán viejo como la cárcel pegada a la iglesia metropolitana.
Un preso preguntó al *Paí* Ramón Talavera, capellán de la cárcel, por qué eran tan lentas las horas en las campanadas de la catedral.

El cura, protector de los presos y cómplice de alguna que otra evasión, le respondió guiñándole un ojo: «Seguramente para recordarnos la lentitud con que arden los carbones del infierno.»

V

Cuando pude emitir un ruido parecido a la voz, pregunté a la anciana por qué se exponía al riesgo inútil de tenerme escondido en su casa.

Al principio no entendió lo que mi voz estropajosa le quería decir.

Le repetí la pregunta, tartamudeando mis palabras sílaba por sílaba.

—Por mi hijo... —respondió la mujer, luego de un largo silencio.

Bajo el manto oscuro que le cubría la cabeza sólo podía verle el hueco oscuro de la boca.

VI

Fui recobrando lentamente el movimiento de los miembros. La memoria también empezó a surgir de la oscuridad en que mi mente había fondeado.

Imágenes, hechos difusos, figuras deformes que transcurrían en un solo día hecho de innumerables días. Un solo día fijo, inmóvil. Ese que me hallaba expiando por estar vivo, me tenía clavado en una zanja, como en una sepultura anticipada.

No era sino una inmundicia más en el basural del baldío.

La grieta resplandeciente en lo alto del túnel encandilaba mis ojos a toda hora a través de los párpados desgarrados. Era como el embudo vitrificado de la fulgurita que el rayo deja al pasar a través de los terrenos arenosos.

Con ansia mortal soñaba en lluvias torrenciales, en avalanchas de agua y barro que arrojaran mi cuerpo a la laguna muerta de la bahía.

En la hondonada cenagosa zumbaba la vida desnuda, potente, pestilencial, esponjada en las burbujas de su propia fermentación.

Con el resto de mis fuerzas trataba de absorber por todos los poros esa energía ciega y elemental.

Sobre mi cuerpo escurrido y flaco se había apostado una sombra que me impedía pensar, respirar, dormir, mover un solo músculo, recordar quién era yo.

En la total inmovilidad de mi cuerpo, mi corazón se movía en contracciones dolorosas con los movimientos de la tierra.

Me acosaba la sensación continua de que una rata, de las muchas que recorrían la zanja, mordisqueaba mis vendas como queriendo liberarme de esa mortaja. Sus colmillos agudos y nacarados se deslizaban muy cerca de mis ojos fulgurando en la oscuridad.

Empezó a roerme el labio partido, la punta de la nariz. No sufría ningún dolor. Sólo una náusea atroz.

Al atardecer siguiente, un gato barcino, enorme y flaco, con ojos de tigre, se acercó, husmeó mi cuerpo y montó guardia a mi lado, inmóvil y sombrío. Se quedó allí toda la noche. Al amanecer se fue.

VII

A través de la grieta fúlgida acudieron a mi mente otras vidas, otras historias, otros recuerdos.

María Regalada, hija y nieta de los sepultureros de Costa Dulce, cuidando las tumbas en el cementerio. Cristóbal Jara, el jefe montonero, escondiéndose en la tumba recién abierta para el juez de paz Climaco Cabañas, muerto la noche anterior por los guerrilleros en la acción de Ñumí. Otra vez, el azar y sus encrucijadas.

María Regalada estaba internada en el hospital para tener al hijo que Sergio Miscovski había dejado en sus entrañas.

El ataúd del juez fue descendido sobre el cuerpo vivo de Cristóbal Jara, sin que el sepulturero venido de un pueblo vecino se percatara del doble enterramiento.

De este modo, el jefe de las milicias seccionaleras de la zona apresaba, bajo el cajón de su cadáver, al cabecilla de los guerrilleros, al que venía persiguiendo desde hacía meses.

El acompañamiento se dispersó bajo una lluvia torrencial que duraría días.

Poco después, como cada año, la inundación cubriría las zonas bajas de Manorá.

VIII

El rumor popular quiso que Cristóbal Jara pudiera zafarse con vida de ese entierro y que fuera después un héroe más entre los camioneros del Chaco, que llevaban el agua a los frentes de combate y que permitieron ganar la guerra de la sed.

Apoyado en ese rumor escribí la historia imaginaria y romántica de Cristóbal y Salu'í, que se inspiró en el trágico relato narrado por el gran escritor boliviano Augusto Céspedes, que fue también un héroe en la guerra.

En la posterior reconciliación de los dos pueblos hermanos, Céspedes vino como embajador a Asunción.

Le conocí en las tertulias de la embajada. Hombre admirable. Duro como el hierro. Nacionalista fanático en su país bolivariano, una especie de Tíbet aymará y castizo, más cerrado aún que Paraguay, en sus mesetas y cumbres andinas.

Le pedí autorización para usar el argumento de su relato, uno de los más hermosos de la literatura latinoamericana.

Me miró hondamente, apoyado en su muleta de lisiado de guerra.

—Las historias del sufrimiento humano no tienen dueño —dijo—. Nadie ha escrito algo sobre eso por primera vez.

IX

Escribí *Misión*.

Lo hice morir a Cristóbal Jara ametrallado en el camión que llevaba agua al batallón cercado en un cañadón de Yujra.

No sucedió así. Quedó allí, en el cementerio de Costa Dulce, enterrado vivo bajo la pesada caja del juez Climaco Cabañas, en la sepultura cubierta de tierra bien apisonada.

Salu'í, la prostituta convertida en enfermera de guerra, enamorada hasta los huesos de Cristóbal Jara, le acompañó y murió con él en la aventura imaginaria del camión aguatero. Desaparecieron devorados por la inmensidad del desierto chaqueño, con otros cien mil combatientes.

Fue así como escritores de dos pueblos hermanos, enfrentados en una absurda guerra instigada y financiada por el petróleo, escribieron un relato con parecido final. El episodio ambivalente podía darse en cualquiera de los dos campos, sin negar en ninguno de ellos la idea de patria ni el heroísmo de los anónimos servidores del agua que luchaban y mo rían en los frentes de batalla del inmenso desierto.

X

Yo visitaba a Salustiana Rivero en un prostíbulo de Asunción, en la calle General Díaz, cerca del Hospital Militar. La apodaban ya Salu'í, apócope de su nombre, de su oficio, de su armoniosa figulina. Pequeñasalud.

Pero entonces su vida no estaba cumplida aún. Su cuerpo diminuto y ardiente brillaba en su desnudez como una flor oscura, como una estatuilla de greda modelada por los alfareros de Tobatí.

Yo no hacía el amor con ella. Pagaba mi óbolo a Madame Paulette, la patrona del burdel, y aguardaba pacientemente mi turno.

Me gustaba mucho conversar con Salu'í. Tenía la sabiduría y la dignidad natural de los seres simples, la calidad profética de la mujer, propagadora de la especie, que conserva la pureza del corazón.

Me enseñó cosas más importantes que hacer el amor en la soledad de dos en compañía.

Amaba su oficio de dadora de placer.

—Yo puedo entregarme a los hombres que me pagan —decía—, porque no he encontrado todavía el hombre a quien yo pueda pagar con mi amor.

Cuando se declaró la guerra, Salu'í entró en el hospital. Se alistó como voluntaria y marchó al frente como caba de sanidad.

XI

De la sombra mortecina surgió la silueta alta y desgarbada de Sergio Miscovski, el médico ruso. En un principio, antes de que le sobreviniera la catástrofe de su alma, fue el protector de los pobres del lugar.

Sergio Miscovski fue un tiempo el más pobre entre los pobres. Solitario, austero, poco atado a las palabras. No tenía más patrimonio que su tabuco de paja y adobe, su pipa de arcilla, su perro siberiano, que estaba siempre junto a él y al que le hablaba en ruso cuando iba a visitar a sus enfermos.

En sus ratos libres, María Regalada venía a cocinarle su frugal refrigerio y a limpiarle el tabuco. Él le dejaba de vez en cuando algún dinero sobre la mesa de cocina.

Nunca cambiaron una sola palabra. El médico ruso tenía siempre la mirada perdida en la lejanía de estepas y recuerdos.

María Regalada estaba habituada al silencio de sus muertos. Le daba igual que estuviera o no el doctor. Ella limpiaba y aseaba el tabuco como lo hacía con las tumbas del cementerio.

XII

Un paciente trajo al doctor una talla muy antigua de San Roque y su perro.

Una siesta, mientras el doctor dormitaba en su hamaca, la talla cayó de la mesa donde la había depositado. Saltó la tapa del zócalo. Del hueco de la imagen rodaron varias monedas de oro y plata y se desparramó un sartal de joyas de artesanía.

Vestigio tardío de *plata yvyguy,* aquellos tesoros privados, escondidos durante la Guerra Grande en los sitios más increíbles, hacía más de un siglo.

Sergio Miscovski exigió a los enfermos más acomodados que le trajeran tallas de santos para pagar las consultas. Una enferma muy rica de Asunción, a quien el doctor curó de una avanzada flebitis, le trajo un altar de las Misiones jesuíticas.

Todo fue en vano. Los santos de palo no le ofrecieron más riquezas escondidas en sus entrañas.

XIII

Sergio Miscovski se transformó por completo.

En un acceso de locura destrozó las tallas, enfurecido contra la avaricia de los santos.

Violó a María Regalada sobre las imágenes degolladas, enfurecido contra su pasividad absoluta.

Sergio Miscovski, médico de la corte imperial, exiliado en Paraguay desde el triunfo de la Revolución de Octubre, tuvo ese triste fin en un país casi desconocido de América del Sur.

Huyó como un poseso y desapareció para siempre.

El perro siberiano continuó haciendo cansinamente el trayecto desde el tabuco al almacén, ida y vuelta, con el canasto vacío de las compras entre los dientes. Algunos veían seguirle una silueta humana en forma de una mancha de niebla iluminada.

—¡Allá va el Doctor!... —murmuraban las lugareñas santiguándose.

El almacenero echaba en el canasto alguna que otra butifarra, algún pelado hueso de puchero. Los chicos, por burlarse, ratones muertos e inmundicias.

Un tiempo después el perro murió de vejez y de tristeza, arrollado en sí mismo, a la puerta del tabuco de donde nunca se movía esperando a su dueño.

Al cabo de muchos años, se supo que el médico ruso era sacerdote en un poblado de Kenia.

Yo tuve en mis manos copia de los documentos de las ordalías a que le sometieron en el Vaticano tras un largo proceso de expiación y penitencia cumplido bajo las más duras penas en un convento de capuchinos.

No había prueba de las imágenes degolladas.

María Regalada estaba muerta y enterrada en su querido cementerio de Costa Dulce.

Su hijo, llamado también Sergio Miscovski, había desaparecido igual que su padre.

XIV

Veía yo —o leía en la memoria de un libro— a los leprosos bailando en los festejos del Santo del pueblo, en Sapucai, para servir de escudo a los guerrilleros escondidos en el salón de la Municipalidad.

Las patrullas militares detuvieron el baile y ahuyentaron a culatazos a los malatos protectores, pero los guerrilleros ya habían huido.

Tampoco eso era verdad. Los guerrilleros fueron apresados por tropas del ejército
y los malatos huyeron al leprosario.

Esto es lo malo de escribir historias fingidas. Las palabras se alejan de uno y se vuelven mentirosas.

Los personajes que viven y mueren en
un libro, cuando las tapas caen sobre ellos, se
esfuman, no existen, se vuelven más ficticios
que el ficticio lector.

XV

El cierre de este ciclo infernal era, cada
vez, el fogonazo del túnel desmoronándose y
sepultando para siempre a los excavadores. El
angosto agujero de medio kilómetro de largo
debía desembocar en los bajos del Parque Caballero en una hondonada boscosa de la bahía.

El sordo trueno subterráneo debió con-
mover los cimientos de la cárcel.

Tras el fragor asordinado por el polvo
espeso el silencio del agujero era en sí mismo
un sonido sepulcral. Perucho Rodi y yo éramos los últimos de la fila. Tenía medio cuerpo enterrado por una masa de lodo y de enormes trozos de asperón.

Fueron inútiles todos mis esfuerzos para
arrancarlo de la trampa mortal en la que estaba
atrapado desde la cabeza hasta las rodillas.

Yo había descubierto de pronto el agujero de la alcantarilla, que nos ofrecía una inesperada brecha de escape. Le gritaba con todas mis fuerzas para darle ánimo, para decirle que había una salida al alcance de nuestras manos.

Perucho Rodi, compañero de estudios, camarada en la lucha política, no podía ya oírme.

Sólo dejé de tironear de sus pies cuando noté que quedaron yertos tras el último pataleo tetánico de la asfixia.

Se me clavó en la mente la última frase que dijo Perucho Rodi al entrar en el túnel, rumbo a lo que creíamos era la libertad.

«Debo conservar —había dicho riéndose— por lo menos el derecho de enamorarme de la muchacha más hermosa de la ciudad...»

El joven de origen griego, bello como Apolo, fue cazado por la novia que estaba enamorada de él, desde su nacimiento.

La raja polvorienta de sol se filtraba en lo alto mostrándome el camino. Me zafé por el hueco de la cloaca y me orienté hacia las barrancas, mientras oía a mis espaldas el rabioso tableteo de las ametralladoras en el patio de la cárcel.

XVI

La anciana, sentada en el borde de la zanja, dijo con cierta intención:

—De los treinta y siete presos que intentaron escapar, no hubo ningún sobreviviente. Cuantimás usted es el único... —dijo con algo parecido a una sonrisa de conmiseración.

Sus comentarios apenas balbuceados no correspondían a los hechos más que en lo oblicuo de los rumores.

Tal vez yo estaba más engañado que la anciana bajo los poderes de fantasmagórica creación que posee la fiebre. A los temblores del paludismo se sumaban ahora seguramente los de la infección generalizada.

No entendía lo de *sobreviviente*. Parecía más bien un sarcasmo.

La anciana transmitía el runrún de la ciudad.

Lo que no sabía era que la boca de entrada del túnel, en el cuadro Valle-í Nº 4, había inspirado y justificado la versión policial de la tentativa de fuga y del ametrallamiento de prisioneros políticos.

La televisión oficial exhibía en los noticieros el tendal de cadáveres en el patio de la cárcel. El gran portón de hierro extrañamente abierto de par en par. La anciana había visto las imágenes en el receptor de un almacén.

El comunicado se guardaba de hacer la menor alusión a los enterrados vivos en el desprendimiento.

XVII

Eso era verdad, hasta cierto punto.

Las autoridades no podían saber *todavía* que había un sobreviviente de la masacre colectiva.

Se me ocurrió pensar que la Técnica parecía establecer por el momento que los que no habían sido liquidados a la salida, estaban sepultados en el túnel bajo toneladas de piedra y lodo. Más adelante, cuando el revuelo se hubiese calmado, un poderoso buldozer abriría el angosto socavón, para verificar un recuento más ordenado y establecer la identidad de los enterrados.

A esto se debía que yo estuviese todavía libre. Pronto saldrían de su error y entonces sería buscado y cazado implacablemente.

XVIII

Había llegado a lo más bajo. El suelo de la zanja, lleno de basuras, de sabandijas e inmundicias, no era aún lo suficientemente bajo en el nivel de degradación a que puede ser sometido un hombre perseguido.

Pero habría más. El descenso no había terminado.

Simplemente, no existe en el mundo una suerte de extremo sufrimiento moral que pueda acabar con uno.

Era algo más allá del fin de todo. El límite de la vida física es despreciable. Hay un momento en que la delgada línea que separa la dignidad de la depravación, que separa la vida de la muerte, se borra y desaparece.

No vivimos otra vida que la que nos mata, solía decir el maestro Gaspar Cristaldo.

Había llegado... ¿cómo decirlo?... a algo más allá de todo lo que pudiera tener algún sentido, alguna razón, por delirante que fuese, para que un hombre en mi situación pudiera justificar el que no estuviese muerto.

Nadie puede calentarse al rescoldo de la luna.

No tenía a nadie a quien confiarme porque en el fondo no tenía nada que confiar. Antes de entrar en la lucha clandestina había escrito relatos y novelas mediocres. Lo que estaba viviendo ahora no era sino una mala repetición de lo ya escrito.

XIX

Poco a poco empecé a ver en lo alto de las barrancas una ciudad de juguete.

La mole roja del palacio de gobierno, sus cuatro minaretes mozárabes, el cabildo colonial, las dos torres de la catedral, el vasto edificio en cuadro de la Escuela Militar, las columnas plateadas de los radares del Correo. Parecían a punto de desmoronarse sobre la hondonada.

Sobrepasado el fin de todo, ¿había que seguir hasta la última supuración de la voluntad?

XX

La dueña del rancho me hizo entender que debía cambiar mis harapos carcelarios por una vestimenta menos «entregadora» —dijo en guaraní—, si pretendía continuar huyendo. Traía en sus manos una casaca y pantalón negros, lavados y planchados prolijamente. Se asemejaban a un hábito religioso.

Lo desdoblé. En la lustrina oscura vi dos o tres halos como de manchas de sangre borradas con agua y jabón.

Sólo entonces reconocí de golpe el disfraz de pastor menonita de Pedro Alvarenga, ultimado en el avión en que viajaba de incógnito desde Brasil para ejecutar el atentado magnicida.

Reconocí a su madre, reconocí el rancho donde se había realizado el velorio.

—Pedro y usted fueron muy compañeros —murmuró la madre—. Mucho le quería a usted.

Me tendió el indumento eclesiástico. Yo no sabía qué decir. Contemplaba esa ropa, ese disfraz que no ocultó a Pedro, que no le salvó de la muerte atroz que le infligieron en el aeropuerto ante millares de testigos.

Pasaba tontamente mis dedos por las aureolas cenicientas, por las rejillas casi invisibles de zurcidos y remiendos como si a través de ellos pudiera tocar el cuerpo y la sangre de Pedro.

—Póngase esta ropa. Tal vez a usted le dé más suerte que a él...

La voz de la anciana, de la que toda emoción había huido, era seca y firme. El vello canoso y espeso que recubría su labio superior le hacía aparecer en la penumbra como una mujer sin labio.

Ese hueco en medio de la cara le daba una fisonomía irreal. A la vez cadavérica y llena de vida.

XXI

La anciana se corrió discretamente hacia el exterior del rancho. Me vestí el atuendo con la sensación de estar profanando algo sagrado.

Pedro y yo teníamos la misma estatura y talla.

Sólo faltaba el chambergo de fieltro. Me toqué vagamente la cabeza.

La madre me tendió un sombrero de paja, el que usaba Pedro cuando trabajaba en Vialidad y era secretario de la Confederación de Trabajadores, mientras yo trabajaba como empleado en el Banco de Londres, y dirigía el periódico del gremio de los bancarios.

Me encasqueté el sombrero y también me vino justo.

XXII

Cuando me integré al grupo armado de Pedro, fue en ese Banco donde, junto con él y otros diez compañeros, cometimos el primer atraco para reunir fondos en favor de la causa. Fue el más fácil. Un paseo por el subsuelo enrejado del tesoro con las puertas de par en par abiertas.

Nos cansamos de cargar bolsas con dinero. El sonado *hold-up* no dejó ningún rastro.

Quedó en el misterio de los enigmas policiales no resueltos.

XXIII

En una cadena de sustituciones, yo estaba disfrazado ahora de Pedro Alvarenga. Este disfraz trazaba hasta el fin, entre Pedro y yo, dos destinos simétricos que se continuaban.

Me tocaba ahora aceptar este albur de evasión, que en lo íntimo de mí rechazaba con todas mis fuerzas.

Siempre había rehuido lo simétrico. No sólo porque expresa la idea de lo completo, que no existe, sino también porque representa una repetición.

Pedro era único. Yo lo repetía. Hacía inútil su sacrificio y sellaba el mío con el disfraz de una falsa identidad.

El ácido, el cumplido tumor seguía llenando mi vacío. La madre de Pedro me trajo un pastel *mandió,* envuelto en papel de astrasa. Me indicó con un gesto la dirección de la estación central del ferrocarril y me extendió unos billetes arrugados y húmedos, acaso los únicos que tenía. Ante mi muda negativa, me los metió en el bolsillo de la chaqueta con sus dedos corrugados y enérgicos.

Miré a la anciana erguida delante de mí. El labio superior cubierto de vello canoso tembló ligeramente.

El hueco oscuro de la boca se movió en una orden.

—No vaya a la estación. Debe tomar el camino hacia la catedral. Doble después hacia el desvío, hasta el Parque Caballero, donde el tren se para a cargar leña. Pague el pasaje al guarda del tren. Adiós, mi hijo... Besé la mano callosa, los cabellos agrios y duros. Me alejé con la cabeza gacha sin volver la vista.

XXIV

El viento de la calle me refrescó la frente. Me crucé con gente conocida que no mostró el menor indicio de reconocerme.

Me invadió una indefinible sensación de seguridad y al mismo tiempo de total desvalimiento.

Era un extraño, incluso para mí. Sólo tenía un cuerpo aparente, cubierto por el traje de quien con él dejó la vida.

La madre de Pedro no me lo cedía en préstamo. Me uncía a un destino. Me paría con ese disfraz como volviendo a dar vida al hijo sacrificado.

XXV

Tenía razón la anciana: la única vía de escape, remotamente posible, hacia la frontera argentina, era el centenario ferrocarril.

Hacía el viaje de Asunción a Encarnación en tres días, abarrotado de mujeres revendedoras, de viejos agricultores lisiados que volvían del hospital a sus pueblos, o como yo, de la cárcel, hacia ninguna parte.

Los agentes e informantes de la Secreta bullían y espiaban en todas partes. Pero no iban a buscarme en el apelmazamiento de escoria humana que viaja en el tren; que no tiene dinero para pagar el pasaje en los rápidos autobuses o en los mixtos de pasajeros y carga.

Por lo demás, ya estaba bastante desfigurado. Quería probar, como parte del macabro juego, hasta qué punto mi nueva identidad de sobreviviente desconocido me amparaba del escrutinio policial. Sólo tenía que hacer ahora lo que no hizo Pedro. No llamar la atención. Comportarme con toda naturalidad. Ser un ciudadano común. Igualarme y sumirme por lo bajo en la masa gregaria.

Repasé mentalmente la lengua que había perdido en el extranjero. Me escuché hablando corrientemente en guaraní. Siete años de cárcel me habían hecho recuperar la fluidez del habla natal con sus diecisiete dialectos regionales. El labio leporino por el tajo de la piedra, apenas cicatrizado, me ayudaba a deformar la voz y el acento con la típica entonación del guaraní del Guairá. Mi origen campesino me permitía lograrlo sin el menor esfuerzo.

Los trabajos forzados en la cantera de Tacumbú endurecieron mis manos y mis pies dándoles la consistencia callosa y anónima de los pies del *pynandí.*

Más que su cara, que tapa el aludo sombrero *caranda'y,* son las manos y los pies la verdadera fisonomía del campesino agricultor.

Me había convertido, al menos en los signos exteriores, en un auténtico campesino descalzo, salvo el elemento extraño de esa chaqueta de misionero chaqueño que desentonaba terriblemente en mi aspecto.

XXVI

Arrojé el pastel de mandioca a medio comer en un baldío. Me limpié las manos grasientas en la chaqueta, me la saqué y la escondí en la maleza como quien arrastra y esconde el cuerpo de un hombre acabado de matar.

El cuerpo de Pedro, dos veces muerto.

Escuché algo como el vagido de un niño de corta edad. El vagido parecía brotar de la chaqueta. Me incliné a escrutarla.

Junto a ella se removía un pequeño bulto envuelto en papel de diarios viejos.

Lo levanté y hurgué entre los pliegues húmedos. Era efectivamente el diminuto cuerpo de un recién nacido que agonizaba de hambre y de frío. Lo envolví en la chaqueta y salí a escape de ese baldío, mojado de sudor y por el pis del niño.

No podía alimentar ni llevar conmigo al pequeño expósito. Hice lo que leí en novelones o vi en películas lacrimógenas. Deposité el bultito en el torno de un convento.

Reconocí el convento y colegio de la Providencia donde se educan las niñas de la mejor sociedad asunceña.

Tiré varias veces de la cuerda de la campanilla, con tal fuerza que el aro se desprendió de la cuerda. Me alejé corriendo y me desvanecí en una esquina.

Esas bellas muchachas cuidarán del expósito. Lo convertirán en mascota del colegio... —me exculpé.

La chaqueta eclesiástica, pensé con insidia, va a dar qué pensar a la madre superiora sobre el origen paternal del recién nacido.

XXVII

Escuché la voz de la anciana que me llamaba con el nombre de su hijo.

Me volví. No vi a nadie.

Sólo el aroma de los lapachos en flor llenaba la callejuela de tierra cuajada de sol. Oí su risa cascada y metálica con un retintín de ironía. No conocía su risa. Pero era la suya, sin duda.

¿Se burlaba de mí?

Podía ser un engaño de mis sentidos. Había algo de incoherente y absurdo en esa risa.

La risa de una anciana resulta siempre perturbadora porque es inclemente y aislada. No procede del humor sino del pavor, de la desesperación, de la angustia extrema que sólo una anciana puede experimentar por poderoso y estoico que sea su espíritu.

Oí por segunda vez la risa senil a mis espaldas.

Giré desconcertado ante la inexplicable actitud de la anciana.

Una niña de rizos rubios venía haciendo rodar un aro por la acera. Se me adelantó y desapareció en una esquina.

XXVIII

Hice todo lo contrario de lo que me había recomendado la anciana.

El deseo de probar mi nueva identidad usurpada, incolora, impersonal, ardía en mí como un frío afán de venganza, como el único poder del que puede disponer un espectro entre los vivientes.

Pasé frente al Departamento de Policía, erizado de agentes uniformados y en atuendo de civil, de patrullas fuertemente armadas, abarrotado de tanquetas. Me detuve allí un rato y me mezclé con los servidores del orden.

Nadie pareció fijarse especialmente en mi persona. No se ve todos los días a un muerto paseando por la calle.

Era una segunda prueba victoriosa. Confortó en mí la sensación de seguridad y naturalidad que trataba de aparentar.

Me observaba de paso en las vitrinas y comprobaba satisfecho la verosimilitud de mi nueva identidad.

Bajo la ropa y los desperfectos del rostro que ocultaban la mía, era un Pedro Alvarenga muerto y resucitado.

Hubo momentos en que hubiera querido gritar a voz en cuello:

«¡Mírenme... reconózcanme... soy yo... el único escapado del túnel... el solo y único sobreviviente de la matanza de la cárcel!...»

En un quiosco de la Plaza Uruguaya compré un lápiz y un grueso cuaderno de escolar sin un fin preconcebido. Algo absurdo. El reflejo mecánico de la antigua obsesión.

El quiosquero Pablo, que antes vendía mis libros, me observó arrugando un poco la nariz. Tampoco me reconoció. Me ofreció un libro sobre ocultismo y la revista pornográfica *Interviú*.

Dije no con un gesto.

Segunda parte

I

Subir al viejo carromato de fierros viejos y descalabrados era meterse en el asilo de la paciencia.

Más que un viaje en tren aquello era una procesión.

La locomotora liliputiense, empenachada de humo, de chispas oliendo a densas resinas quemadas, traqueteaba a la vertiginosa velocidad de una legua por hora, sobre ruedas esmirriadas, semejantes a piernas muy combadas de pájaro.

Cansados de los duros asientos, del interminable traqueteo que petrificaba los cuerpos, el centenar y medio de pasajeros, se largaba de los vagones a las trochas y seguía al tren en una festiva caravana, ruidosa de gritos, de cánticos, de motes burlescos, de una ingenua alegría infantil.

El pequeño santo patrono de hierro, de fuego, de humo, era empujado por sus fieles a lo largo de trescientos ochenta kilómetros, en tres días y tres noches de peregrinación.

La fiesta de San Tren.

Había otra clase de peregrinaciones, que no usaba el ferrocarril. La de los migrantes que trataban de llegar a la capital, a pie, desde distintos puntos del país, para instalar nuevas Villas Miseria.

II

Las migraciones internas a las ciudades en busca de trabajo, de comida, de albergue, eran rechazadas en los alambrados de los mataderos.

Se registraban sus nombres, sus impresiones digitales sobre mesillas roñosas de grasa, de costras de sangre seca. Imponían a los adultos el tributo de una pequeña mutilación, la última falange del dedo meñique, un trocito de lóbulo de oreja.

Luego, hombres, mujeres y niños eran cargados en los camiones de ganado y llevados a lugares parecidos a campos de concentración.

Todavía se ven vagar por los pueblos en mansa locura a menesterosos greñudos con el infamante muñón del meñique o el colgajo disecado de una oreja.

Estas procesiones y peregrinaciones no se dan tregua. Forman parte de la gran fiesta nacional, celebrada a perpetuidad.

III

Ahora los campesinos sin tierra invaden los latifundios enormes como países desiertos que simbolizan en la extensión sin límites la sagrada propiedad de la tierra.

Antes de salir de la capital, vi una manifestación de muchos millares de campesinos. Cada manifestante portaba como pancarta una larga tacuara con una ranura en la punta donde muchos de ellos habían colocado un dedo meñique modelado en arcilla y teñido con el rojo purpúreo del urucú.

La multitud desfiló en silencio ante el Palacio de Gobierno. El denso bosque de tacuaras fue dispersado por los carros de asalto de las fuerzas antidisturbios.

IV

Hay otra migración más ínfima, que tampoco utiliza el ferrocarril: la de los brotes y semillas de los bosques talados.

Capullos de selvas enteras tratan de huir, invisibles, a favor de los vientos, entre el rocío de la noche. Dejan atrás el hacha, las motosierras, los camiones del contrabando.

Desde el tren se veían pasar entre las nubes los brotes de las selvas migrantes. Los veíamos atacados por los pájaros. Cazaban los brotes verdes y tiernos como avío para el viaje. Con lo que las selvas germinales eran taladas de otro modo y quedaban nonatas en el buche de los pájaros migratorios.

V

El tren era una reliquia de los viejos tiempos.

Un pequeño fósil de la Revolución Industrial, que los ingleses trajeron al país a precio de oro hacía siglo y medio.

Aún sigue rodando en una especie de obcecación elemental. Puja en las cuestas, en los puentes rotos, en las vías torcidas, bataneando con un ruido infernal en las junturas comidas por la herrumbre. Si marchaba todavía era porque en su ridícula pequeñez una fuerza inmemorial ponía en movimiento bielas, cilindros, fantasmas de vapor.

Avanzaba con el siseo asmático de la caldera, los estertores de la maquinaria, el misterio del ingenio humano.

La robusta salud de la Colonia.

VI

Aquel tiempo antiguo era sin embargo más joven que los que íbamos envejeciendo en la procesión. Hombres, mujeres y niños, igualados, canosos por el polvo seco de la llanura, quemados por el sol y el humo oleoso de la locomotora, iban también envueltos en la memoria del presente.

A lo largo de más de cien años, la vida del país había quedado detenida en el tiempo. Avanzaba a reculones, más lentamente aún que el tren matusalénico.

Giraba la llanura inmensa hacia atrás, lentamente.

El pequeño tren daba la hora al revés, dos veces por semana, para los pueblos de la vía férrea.

Esta vía férrea, la primera del país, el más adelantado y próspero de América del Sur en el siglo pasado, era también la única.

Estaba destinada a ser la última.

Marcaba una frontera interior entre dos clases de país. No en su geografía física. Más bien en su topografía temporal.

La frontera de hierro separaba dos tiempos, dos clases sociales, dos destinos.

De un lado estaba lo antiguo, la gente campesina que conservaba, en su modestia y pobreza, la dignidad y austeridad de antaño.

Del otro, los acopiadores, los grandes propietarios, los funcionarios civiles y militares instalados en suntuosas mansiones. En grandes coches blindados japoneses o alemanes, de cristales opacos y rojas chapas oficiales, rodaban como bólidos por las calles de la ciudad, por autopistas y carreteras, sin respetar en lo más mínimo las señales del tránsito.

Los pueblos dormidos en el sopor del verano mostraban la tierra de nadie. La frontera de hierro era en todo caso una valla inexpugnable contra el futuro; un mentís rotundo a las glorias del pasado.

Las poblaciones sembradas en los campos retrocedían hacia atrás, hacia atrás, hasta desaparecer.

El tiempo no contaba allí. Nadie pensaba en el mañana. Menos aún en el ayer.

La gente simple no tiene poder sobre la hora.

Del otro lado del alambrado de las estancias vacunos esqueléticos, reses flotando en la vibración del sol en los alambres, nos miraban pasar.

Cuernos apuntando la tierra, ojos hundidos en lo oscuro, colas tiesas, chorreadas de bosta seca, caídas hacia el pasto vitrificado.

Raspaban con el morro la tierra dura.

Quién ha de saber si el ánima del hombre sube hacia arriba en tanto que el ánima del animal se hunde bajo tierra. ¿O es a la inversa?

Esas bestias debían de saberlo.

No parecían animales vivos. No eran sino bestias inanimadas. El cuero ceniciento era lo único que les quedaba sobre los huesos.

Osamentas en pie sobre los campos calcinados de luz inmóvil.

Esperaban el llamado de la tierra para entrar.

Arriba esperaban las aves carniceras vigilando las carroñas que aún se movían.

VII

De repente, como surgido de la tierra, un caballo de ahilada estampa, crines revueltas, larga cola erizada por el viento, pasó al galope en dirección contraria al tren, lanzado a toda carrera, en el delirio de su propio ímpetu. Un caballo malacara. No el doradillo de pelaje rojizo con una mancha blanca en la frente, que es el auténtico malacara.

Todo blanco, la cabeza embozada de manchas negras, galopaba flotando en medio del polvo y del viento. Un caballo enmascarado.

Sin brida, sin aparejos de montura, sin jinete, era un caballo suelto, salvaje.

Escapaba de algún perseguidor tan fantasmal y delirante como el malacara.

Aparecía y desaparecía en los desniveles del terreno, agitando la cabeza, el cuello corvo lleno de músculos, aceitados de sudor.

Llamaba a alguien con poderosos relinchos que se oían claramente a pesar del ruido del tren.

VIII

—¡Him... lo'mitá!... ¡El malacara del coronel Albino Jara! —exclamó un viejo—. ¡Ya está galopando otra vez!

—Su *pora* suele aparecer cuando va a haber tormenta —comentó otro.

El malacara agitaba la cabeza bebiendo los vientos.

—No para de galopar. ¡Hace cincuenta años que busca a su patrón! Desde los cerros de Paraguarí hasta Carapeguá anda en busca del coronel, a quien llevan herido de muerte en una carreta —comentó el viejo.

—Algunos han visto al propio don Albino, en uniforme de gala, galopando sobre su malacara al frente de sus famosos cadetes... —dijo una mujer inmensamente gorda. Llevaba a sus pies un canasto de chipáes y una jaula cerrada, hecha con varillas de tacuara y cubierta de un paño rojo. Al parecer iba encerrado en ella un perrillo o un gato.

—Hombre muerto no pelea —dijo el viejo—. Y el coronel Albino Jara hace mucho que murió.

—Esos hombres únicos no mueren —dijo la chipera imitando el tono patriotero de las apologías televisivas—. Quedan vivos en la memoria de la gente.

—El coronel Albino Jara sólo quiso ganar la revolución para tener a su disposición todas las mujeres del Paraguay —comentó burlón el viejo.

—No le hacía falta para eso una revolución —sentenció la mujer con exaltado fanatismo—. Las damas de lo más caté de la época le andaban detrás en procesión. Una de ellas hasta se suicidó porque el coronel no le llevó el apunte. Él era un patriota, no un mujeriego.

—El coronel Jara se murió de susto, acorralado por los gubernistas en Carapeguá —dijo la voz cavernosa del viejo.

—¡A quien de susto se murió, en su mierda se lo enterró!... —refraneó un muchacho gigantesco con un pañuelo colorado al cuello.

—¡No hay que ser malhablado, mi hijo!
—protestó la mujer.

IX

El caballo braceaba en el aire como si
el suelo le fuera faltando ya bajo los cascos.
Removía la cabeza, lleno de furia, como queriendo desprender el antifaz de manchas negras que tenía sobre los ojos.

De los ollares brotaba un vapor azul.
Alguien le pegaba tironazos y lo hacía caraco-
lear erguido sobre las patas traseras.

Un jinete, invisible en la luz, cabalga-
ba el espléndido corcel.

Las crines le habían crecido al malacara
de tal manera que semejaban a sus flancos dos
alas fabulosas batidas por el viento.

Tras un último corcovo, en el que pareció que iba a emprender vuelo, la silueta
blanca, vaciada en negro, desapareció tras la
ceja del monte.

X

—Yo viajo permanentemente —dijo
la mujer doble ancho—. Asunción-Encarna-
ción, ida y vuelta. No me bajo casi del tren.

El caballo siempre sale a galopar, a la misma hora, en estos mismos campos de Paraguarí. Espero ver un día al propio coronel Jara montado en ese caballo de otro mundo.

El habitante invisible de la jaula se removía con chillidos y zarpazos de furia.

—¡Pobrecito Guido, mi Piticau! —se condolió la inmensa mujer—, ¿te falta aire y estás hambriento, ayepa?

Empinó con esfuerzo la mole de su corpachón y extrajo de la jaula un pequeño mono, que al verse libre hizo mil morisquetas y besuqueó a su dueña con voluptuosidad casi humana.

De la familia de los cebidae-mirikiná, el simio díscolo y movedizo era en sí mismo un espectáculo sorprendente.

La miniatura estaba revestida de sedosa pelambre color canela. Los pelos parecían teñidos en las puntas de un tierno matiz de rosa silvestre. Dos manchas albinas alrededor de los ojos enormes y saltones, destacaban un iris rojizo, llameante, casi magnético. La cabeza aún más pequeña que el cuello no cesaba de moverse en una constante vibración que parecía irradiar ondas tornasoladas.

La dueña lo acarició soñadoramente. El mico enrolló la larga cola a su cuello y se esponjó en total inmovilidad, como esperando la dádiva habitual.

La chipera arrancó una banana de oro del cacho que tenía en otra canasta, la peló y la tendió al mono. Éste se la puso entre las piernas con cierta actitud obscena, que parecía ensayada, y empezó a masticar la banana con sus dientes muy pequeños y agudos.

—No sea zafado, mi rey, delante de la gente —le regañó la chipera propinándole un leve coscorrón en la cabeza y arrojando el trozo de banana por la ventanilla. El cuerpecillo del mono se bamboleó fingiendo un desmayo tan perfecto, que pareció estar muerto.

La mujer lo acarició. El mono se incorporó de un salto, lanzando agudos chillidos de alegría.

El monicaco se convirtió en centro de interés y en hazmerreír de los pasajeros que se fueron amontonando en torno al improvisado espectáculo.

Trepó el mono al pecho de la mujer y paseó sus miradas victoriosas sobre el concurso. Sentado en la blanda y vasta meseta, se aplicó en alisar las crenchas de su dueña y en acariciarle el rostro con las manos enguantadas de una pelambre rosa y gualda.

Los espectadores aplaudieron. La mujer se esponjó de orgullo.

XI

De pronto la escena cambió. La pelambre que cubría el vientre del mirikiná mudó de color repentinamente.

La silueta de pigmeo, acurrucado sobre esos pechos, cobró una apariencia humana alucinante.

Era una especie de viejecillo enano, de ojos libidinosos, dibujado a perfil contra la inundación verde del cielo en el recuadro de la ventanilla.

La dueña buscó esquivar las extralimitaciones que se hacían cada vez más abusivas. Terco y obstinado, el mono no cesó en su acoso de seductor, de violador.

Entonces ocurrió lo impensado.

El rostro primitivo se iluminó en una llamarada de pasión incontenible. Rápido como el rayo metió las dos manos en los senos de la mujer. De los genitales del mono brotó un chorrito largo y espeso de esperma que cayó en la falda de la mujer.

—¡*Aña-rekó!* ¡Mono puerco y zafado!... —le insultó la mujer dándole esta vez un fuerte papirotazo.

La tez retinta del rostro mulato se cubrió de un rojo violáceo, como bañada de cinabrio.

Los pasajeros ulularon de placer.

La chipera se arrancó el mirikiná de los pechos y lo encerró a bofetones en la jaula, barbotando maldiciones. Éste le respondía desde adentro con carcajadas atipladas y estridentes de viejo verde, embistiendo por dentro la jaula en un alud de arañazos.

—¡Cállese, *Guido,* mono de mierda! —vociferó la mujer, descargando un manotazo sobre la jaula.

El mono empezó a aullar como un perrillo ladrador. Cada vez con más furia cuando la mujer lo llamaba por su nombre de pila.

XII

En medio de la explosión de carcajadas y gritos, vi algo que me heló la sangre. El viejo síncope del miedo, que creía haber olvidado, volvió a retumbarme en las sienes.

Detrás de la aglomeración, en la penumbra del vagón, divisé las siluetas de tres hombres corpulentos con la inconfundible traza de matones de la policía política. Comentaban, divertidos y excitados, las hazañas del mirikiná.

Reconocí a uno de ellos. Lucilo Benítez, alias *Kururú-piré.* El más tristemente famoso torturador de la Técnica. La cara cribada por la viruela le había valido el apodo de

Piel de sapo, que resumía su salvaje catadura de batracio, de saurio, de fiera.

Siete años atrás, cuando caí preso, me torturó a su antojo durante meses, hasta que un infarto me libró de sus manos, semicadáver.

El otro era el no menos famoso Camilo Almada Sapriza, conocido simplemente por el apodo de *Sapriza,* compañero y émulo de *Kururú-piré.*

Junto a ellos estaba Hellmann (a) *Himmler,* torturador y matador de campesinos.

Recorría los pueblos sembrando el terror y la muerte al menor brote de insurgencias, de ocupaciones de tierras en los grandes latifundios, de formación de nuevas ligas agrarias clandestinas.

Sus facultades eran ilimitadas para disponer de las fuerzas policiales y militares que necesitara.

XIII

A Hellmann (a) *Himmler* y a *Sapriza* yo no los conocía. Era fácil deducirlo. Estas tres siniestras estrellas de la Técnica (apodadas las Tres Marías) andaban siempre juntas en sus viajes de cacería por el interior, cuando había algún «trabajo» importante.

Hellmann, oriundo de la colonia alemana Hoenau, como el dictador, se había formado con los camisas negras de Himmler. Lucía efectivamente una camisa negra, pantalón y botas del mismo color, reminiscentes del uniforme de los SS. Del cinturón lustroso y anchísimo le colgaban sobre las caderas dos pistoleras sujetas por correas a los muslos, y en ellas los pistolones de calibre 45.

No los había visto subir al tren en ninguna estación del trayecto. No los vería descender tampoco.

Ubicuos, invisibles, compactos, podían estar en varios sitios al mismo tiempo. Sapriza y Kururú-piré volaban a donde hiciera falta su mano de hierro, su implacable y fría ferocidad. Hellmann, el mercenario asesino, los esperaba con el plan de ataque preparado.

Rara vez se dejaban ver en público. El tren era casi un vehículo de ultramundo en el que todos viajaban en total anonimato.

Los tres hombres estaban juntos. Pero solos. La aguda, codiciosa, siniestra crueldad de sus caras los hacía iguales, idénticos.

Allí estaban los tres, apartados en la penumbra del traqueteante vagón, riéndose a mandíbula batiente como los demás pasajeros. Unidos en la misma turbia, morbosa excitación que las monerías eróticas habían desatado.

XIV

El miedo instintivo, aun en los que no conocían a los execrables personajes, creaba alrededor de ellos un vacío hechizado que nadie se hubiera atrevido a franquear.

Lo primero que se me ocurrió fue que los tres grandes popes de la Técnica no me hacían el honor de venir personalmente a capturarme. Eso resultaba totalmente absurdo en el escalón de las jerarquías y funciones policíacas.

Ellos no iban en busca de los delincuentes políticos. Se los traían servidos en bandeja para el trabajo de fondo en el aquelarre de la cámara de torturas.

Yo debía intentar, de alguna manera, hablar con ellos. Oculto en mi espectral condición, puesta a prueba con éxito varias veces, debía averiguar qué se proponían con este insólito viaje en el tren tortuga.

Superado el síncope, me invadió una sensación de seguridad, de inmunidad casi absolutas, ante esos bestiales figurones del averno de la Técnica, que afectaban forma humana y hasta un aire sonriente y bonachón. Por lo menos, en *Kururú-piré* y *Sapriza.*

La férrea máscara de Hellmann (a) *Himmler,* no mitigó en ningún momento su depravada catadura.

¿Que hacían estos hombres en este tren? ¿Qué se traían entre manos?

Ellos disponían de poderosos automóviles y hasta de helicópteros. Los mismos desde los cuales eran arrojadas las víctimas, aún vivas, sobre las selvas, cuando no eran «empaquetadas» y enterradas en baldíos y hasta en los jardines de mansiones de familias enemigas del régimen como macabros presentes.

XV

Más de una vez las miradas de Lucilo Benítez se cruzaron con las mías. Fingió no reconocerme. O quizás efectivamente no me reconoció. De esto no me consideraba del todo seguro.

Lucilo Benítez, alias *Kururú-piré,* debía suponer que yo estaba sepultado en el desmoronamiento como los otros fugados. Pero no podía estar enterado *todavía* de que yo era el único sobreviviente, salvado por azar del derrumbe.

Salvo que los técnicos de la policía hubiesen desmontado ya el profundo y estrecho túnel, y que el recuento de los cadáveres hubiese arrojado la falta de uno.

XVI

Debía considerar todas las variantes posibles; situarme en el punto de vista, casi omnisciente, de los torturadores.

¿A qué atribuir el especial privilegio de este «encuentro», si no se debía a una mera y casi inverosímil jugada del azar?

Me negaba a admitir en aquel momento que los tres sicarios mayores de la Técnica me hubiesen reconocido.

En la lógica demoníaca de la represión, esto era casi imposible.

Es sabido y está comprobado que los torturadores nunca olvidan ni el rostro ni los nombres de sus víctimas.

Estos tres expertos destazadores añadían a su fama otra no menos taumatúrgica: la memoria indeleble, fotográfica, de los cuerpos que destruían, de los nombres que borraban del mundo de los vivos, de los destinos familiares que descuajaban en los húmedos sótanos de la cámara de torturas.

XVII

Yo debía aferrarme con uñas y dientes al hecho increíble de que mi torturador no me había reconocido. En mi vida a salto de mata por las praderas del azar, había ensayado, casi siempre con éxito, esta facultad, en cierto modo paranormal, de hacerme invisible, o por lo menos de pasar inadvertido de la gente a quien no quería ver o que deseaba que no me viera.

En mi caso, se sumaba a mi favor el hecho de que «técnicamente» yo estaba muerto y enterrado bajo las toneladas de tierra del desprendimiento.

Un torturador no puede admitir que viaja por casualidad en compañía de un fugitivo dado por muerto. Y menos aún que el azar los hubiese reunido en una carambola diabólica.

Estaba claro que ellos no habían subido al tren sabiendo de antemano que yo iba a embarcarme en la diminuta y lenta antigualla.

Un torturador nada sabe del cálculo de probabilidades, del universo matemático de los grandes números, de sutilezas estadísticas.

No cree en el azar, pero sí cree en Dios a pie juntillo, o en la potencia política a la que sirve con religioso fanatismo.

Pensé que el azar sólo es posible porque existe el olvido. El azar repite sus jugadas, sólo que de manera diferente cada vez. Olvidar sus variantes es igual a no conocer sus leyes, probablemente las más rigurosas que rigen los movimientos del universo.

¿Quién puede jactarse de andar como guiados por un hilo por este laberinto inescrutable, velado de espeso polvo matemático?

Los sicarios —uno de ellos sobre todo— no podían haberme olvidado. Los descolocaba sólo la fractura de espacio y de tiempo en que mi presencia estaba instalada, en un recodo del laberinto fantasmal.

Me pensaban sepultado en el socavón hacía diez días. No me imaginaban viajando con ellos en un tren tan viejo como el país y tan destartalado como él.

De haberme reconocido, Lucilo Benítez (a) *Kururú-piré* no habría podido dar crédito a tal espejismo, semejante a una brujería, que disminuía y anulaba su poder.

XVIII

Una sola alternativa destruía estas posibilidades: la *presencia* de los tres esbirros mayores de la Técnica no era más que el producto del obsesivo temor encarnado en esos matones rodeados de un aura siniestra.

Yo estaba viviendo una obsesión, una nueva fantasmagoría de la fiebre.

La presencia de los tres sicarios era pues puramente imaginaria. La reflexión parecía correcta. Pero esta alternativa podía formar parte, a su vez, de la obsesión que me dominaba.

Ellos estaban *allí.*

XIX

El grotesco y lúbrico entremés del mirikiná había hecho olvidar por completo la presencia de los torturadores. Me extrañaba, sin embargo, que nadie hiciera alusión al insólito encuentro.

—Su mono le ganó al coronel —rió el viejo con su cloqueo acatarrado, en un eco tardío de la conversación anterior—. ¿No es verdad, señora?

La interpelada no contestó, como si no le hubiera oído.

Esa gran mujer estaba dispuesta a humillarse, pero no hasta la maceración.

Encendió dignamente el gran cigarro que había estado fumando cuando la aparición del caballo fantasma, y empezó a arrojar bocanadas de humo por la ventanilla, como si echase a volar sus recuerdos al aire de la calcinada llanura.

—¿Por qué le puso a su mono nombre de cristiano? —tornó a preguntar capciosamente el viejo.

—El mono es el animal que más se parece al cristiano —condescendió a responder—. Es ya casi un cristiano luego, en forma de un pequeño hombre peludo. Le puse Guido en memoria de mi marido, Guido Antonio Salieri, un señor de familia aristocrática de Asunción, de origen italiano. Era músico y escritor en joda. Le gustaban los monos. Éste me lo trajo del Brasil, un poco antes de morir. Mucho también le gustaban los caballos de raza... y las mujeres. Yo era la sirvienta de la casa nomás, a la edad de Bersabé. Era linda como ella. Cuando murió su señora, Guido me pidió que me quedara a vivir con él. El mono era como nuestro hijo. Por eso le puse el nombre de Guido. Así cada vez que lo llamo me acuerdo de Salieri... mi infiel, mi recordado, mi querido Guido Antonio... Mi Guiducho...

El viejo se había dormido.

XX

El auditorio se disolvió. Los torturadores desaparecieron. Alguien comentó que
se hallaban encerrados en la cabina del comi-
sario bebiendo interminables jarras de tereré helado, ensopado de hierbas medicinales contra las enfermedades venéreas. Tema
obligado de coloquios machunos en torno a
la guampa de tereré, transpirada del frío sudor del hielo.

Hasta en las sesiones de tortura *Kururú-piré* sorbía sin pausa la gruesa bombilla
de plata labrada con embocadura de oro bri-
llando en la enceguecedora luz de los re-
flectores y de la soldadura autógena de la
picana.

XXI

El esfuerzo de pensar en qué forma
podía intentar el abordaje de los matones me
había sumido en un profundo adormecimien-
to, semejante a un estado de trance.

Nada recuerdo de ese oscuro estado
segundo, salvo la sensación de haber conver-
sado apaciblemente con Lucilo Benítez, (a)

Kururú-piré, en un intervalo de las torturas. Luego, en el pasillo del tren. Luego, en el cruce de los dos trenes gemelos.

La escena de la conversación con mi torturador era nítida, real, como contemplada al sesgo desde muy abajo. La otra escena del sueño, en segundo plano, pero constante y vertiginosa, era la de dos trenes gemelos, como éste, que se cruzaban a toda velocidad.

En la ventanilla de uno iba Lucilo Benítez. En el otro iba yo del mismo lado. En los cruces, los vagones se rozaban arrancándose chispas y pedazos del maderamen.

En fracciones de segundo, que parecían alargarse al infinito, Lucilo Benítez y yo nos mirábamos cambiando palabras, que el ruido nos impedía escuchar.

Detrás del vidrio, la cara mofletuda, cribada de viruelas, se deformaba y se inflaba como un globo en una sonrisa idiota pero llena de suficiencia y poder a punto de estallar. Así, incontables veces, hasta que en uno de los cruces los dos trenes chocaron y penetraron uno dentro de otro en un terrible estrépito de hierros y cristales destrozados. Yo sentí que mi cuerpo entraba en el de Lucilo Benítez y que su cabeza sustituyó a la mía, llenándose de agujeros como los del queso gruyère. La vi derretirse en una masa blanduzca, llena de sangre, que chorreaba por la ventanilla. El estruendo me despertó. Me fui incorporando con lentitud infinita en la masa de tierra y de polvo del desmoronamiento, tosiendo, al borde de la asfixia.

Por el cambio de luz comprobé que había dormido varias horas. Acaso un día entero. Un día y una noche. No lo sé.

Tercera parte

I

Tengo que retroceder aún. Retroceder siempre. Toda huida es siempre una fuga hacia el pasado. El último refugio del perseguido es la lengua materna, el útero materno, la placenta inmemorial donde se nace y se muere.

En medio de la hirviente oscuridad salpicada de luna, me dio el saludo de entrada el portoncito trasero con sus tres chirridos constipados de orín.

—¿De dónde vienes? —preguntó, indiscreto como siempre.

—De por ahí... De ver cosas...

Eché una larga meada sobre sus costillas de palo para descargar el azufre que me ardía en los riñones, tras las obscenidades que había visto después del ataque de la enorme víbora contra el pequeño tren.

II

Alcé los ojos y vi el cielo puro y azul. Rodeaba por todas partes a las sierras del

Ybytyrusú. Nubecillas de gasa, celajes dorados y verdes, flotaban sobre ellas. La luna apareció de tres cuartos de perfil entre dos cumbres y las revistió de un halo transparente.

—¿Nadie pudo llegar nunca a las cumbres del Ybytyrusú? —pregunté a mi vez para esquivar el tema.

El portón tardó en responder, intrigado por lo que notaba en mí de extraño.

—Nadie —dijo—. Sus precipicios y abismos están llenos de almas en pena que buscan sus cuerpos destrozados y helados.

—Las sierras sólo desde muy lejos caben en los ojos... No es como tú. A ti te puedo rodear con los brazos —le dije abrazándolo para desagraviarlo del baño de orina.

—La montaña tiene su lugar en el alma. Y es ahí donde está más cerca... —respondió aún ofendido—. Es ahí donde debes verla.

—Yo prefiero verla de lejos. Tapa el horizonte detrás de ella.

—La montaña es un horizonte en lo alto —dijo sentencioso y acatarrado el portón.

—No deja ver el horizonte del Guairá —repliqué.

—La montaña es el horizonte de algo que retrocede sin parar...

III

Las imágenes se movían conmigo en los bandazos del tren. Las ráfagas de polvo entraban por las ventanillas y empañaban esas historias de vida.

Iba a contarle al portón el fabuloso ataque de la gran víbora contra el tren. Preferí quedar callado. Evitar el cuento de nunca acabar. El portón quiere saber siempre todos los detalles, por escabrosos que sean.

Dentro de muy poco tiempo yo debía alejarme de Iturbe (que entonces no se llamaba todavía Manorá). Dentro de mí me escocía ya la anticipada nostalgia de la partida.

Le pedí al portón verde que me retuviera, que no me dejara marchar.

—No quiero dejar esto. No quiero ir a ninguna parte... quiero quedarme aquí... —me quejé mimoso.

—¿Qué puede hacer la montaña si no crees en ella? —rechinaron los dientes del portón—. ¿Quién puede ayudarte?

Le puse la mano en el hombro. Empecé a pasar las uñas sobre los arañazos que dejaron en la pintura verde las garras del onza que mató mi padre.

—¿Qué puedo hacer yo sin moverme de aquí? —chirrió el portón—. Te irás nomás a la ciudad y te convertirás allá en un fifí.

—Bueno, está bien... —dije—. Tienes razón.

Con el portón no se podía conversar mucho tiempo. Se ponía pesado en seguida. Era preguntón y quería dar consejos.

Con los de papá ya tenía bastante.

IV

Entré en mi cuarto a horcajadas por la ventana entreabierta procurando hacer el menor ruido posible.

El brillo tierno y fantasmal de la luna menguante iluminaba parte de la habitación. Hacía sus rincones menos oscuros que la noche.

Me acodé en el antepecho. La mancha luminosa y alargada de la vía láctea semejaba un emparrado de miríadas de astros azules como el hielo de las cumbres en las serranías.

Alguien todopoderoso escribía también a la luz de esas luciérnagas encerradas en el frasco infinito del cosmos. Eran letras que componían una palabra sola. Resumían todo lo creado y, según doña Rufina, la contadora de cuentos, esas letras decían D-I-O-S.

Doña Rufina era analfabeta. Mal podía leer la palabra escrita en el cielo.

Alguna noche, al levantar la cabeza, yo leería la palabra M-A-R, o A-M-A-R, más sencilla y agradable para todos. O alguna otra palabra misteriosa que yo no podría descifrar.

Lo que doña Rufina sabía contar eran los cuentos de *Las mil y una noches,* en guaraní. Decía Chezenarda, en lugar de Sheherezada. A saber cómo y cuándo habría aprendido el árabe.

El emparrado de estrellas enfriaba de tal manera el calor crepitante de la noche, que me hizo estornudar. Arrojé un beso con las puntas de los dedos a mis constelaciones predilectas.

La vía láctea ondeó levemente con sus racimos de astros removidos por el viento que soplaba desde el fondo del universo.

Caminé de puntillas hasta la mesa. Había allí un ramito de jazmines y madreselva en un vaso con agua. En un plato de barro cocido, de los que hacía mi madre, lucían plateadas una naranja y una chirimoya.

La flor de trigridia, que traje ayer de los pantanos calientes donde desovan las cocodrilos hembras, estaba también sobre la tabla donde yo hago mis deberes durante el día y escribo mis papeles a escondidas por las noches. Estaba puesta ahí como un aviso espinoso de doble faz.

La quise apartar. Me clavaron las espinas de la corona. La dejé caer en el suelo.

Empezó a mirarme como un pedazo de cadáver decapitado. Lo empujé con las patas de la silla, lo metí bajo el catre, y empecé a preparar mi escritorio y mi lámpara de muäs.

V

Mi pensamiento estaba ahora en otra cosa.

Mientras comía la chirimoya y escupía por la ventana las semillitas negras, me acordé de los cuervos que planeaban sobre el gentío enloquecido, sobre el tren descarrilado.

La gran víbora, abierta en canal, barriendo el aire con la cola. El pájaro blanco que subía recto en el aire como una flecha emplumada.

Vi de repente troncos verdes que flotaban como cuerpos hundidos en las aguas oscuras y cenagosas del estero.

Vi el tren pigmeo, destruido. La cabeza rubia del maquinista emergía del montón de leñas que había caído sobre él. Pero estaba vivo y se reía esperando que lo vinieran a sacar del aprieto.

Esto había sucedido muchos años atrás.

Se me superponían los recuerdos. Una aguda pitada quebró por un instante la ensoñación de la infancia.

No fue más que un leve cabeceo del tiempo. Huía en un tren de Liliput hacia la noche sin fin. Pero nadie podía impedirme que esos recuerdos de seis pulgadas de altura, vistos por Gulliver, recobraran su tamaño normal al aproximarse a mí entre el ruido y el polvo.

Quería rehilar el curso del pasado. Pero el pasado no es sino una multitud de momentos presentes devorados por voraces sustancias.

Acuden, se agolpan dentro de uno, al menor llamado. Se enlaberintan entre ellos, salpicados del moho lunar, queriendo formar su leyenda, sin lograr otra cosa que tejer el reverso de lo que no ocurrió.

VI

Aquella noche de muchos días y siete años de mi vida llené de luciérnagas el frasco que usaba de farol para garrapatear furtivamente mis papeles. De venida por el terraplén del pueblo a la fábrica había recogido un montón de muäs en el bolso que hice con mi camisa.

La oscuridad del cuarto parpadeaba en los muäs que agonizaban en la limeta blanca y transparente.

Yo podía escribir hasta el alba, antes de que mi padre se levantara.

El fulgor tenue y fosfórico de los lámpiros no duraba más de dos horas. Morían de asfixia, amontonados en el fondo a pesar de que les soplaba mi aliento por la boca de la botella.

Ya por entonces me preguntaba si era inevitable y necesario que la escritura tuviera que nacer de la muerte de la naturaleza viviente.

La luz de las luciérnagas muertas transformada en palotes de alguien que comenzaba a escribir.

No sentía arrepentimiento. Yo estaba entrando en el mundo sin noticias, sin recuerdos. Hacía lo que veía hacer. Estudiaba la soledad. Copiaba.

Inventaba el fuego y la ceniza.

Los lámpiros pronto morían. Las borras azules de sus cadáveres no servían ya para escribir. Todo lo más para pensar qué lejos está uno de su deseo. Del deseo que es deseo mientras no se cumple.

Hay deseos que duran toda la vida. ¿Quién puede esperar que esos deseos se cumplan?

VII

Las mujeres son hermosas, por lo menos mientras son jóvenes. Las viejas se mueren pronto, gracias a Dios. Los rostros de los viejos y las viejas se encanallan por la vejez y por las malas costumbres. No hay nada más feo que la vejez infame. Fealdad feísima.

La vejez es la enferma-edad: la enfermedad. La única enfermedad incurable que hay en el mundo y que mata a la gente antes de que ésta se muera.

Salvo mamá, que parecía cada vez más joven y más hermosa con sus cabellos rubios y sus ojos azules de cielo de atardecer.

Hay bellezas sublimadas, como la de mamá, en las que el alma rejuvenece cada día y adquiere la perfección de una flor inextinguible.

La belleza de mamá daba a su sonrisa el perfume de esa flor.

Fuera de papá, que era hombre recto y lleno de afecto por nosotros, para mí francamente los hombres no existían.

Sobre todo cuando eran hombres jóvenes y andaban con sus prometidas, sus novias o sus esposas de bracete por las calles, como exhibiéndolas.

Para mí no eran sino ladrones de lo más hermoso que existe en el mundo. Y lo más hermoso del mundo no puede ser propiedad de nadie. Cómo se podía admitir que a una mujer joven y hermosa se le exigiera firmar Fulana *de* Sutano, Mengano o Perengano de tal. El *de,* allí, no es de nadie. Por eso me alegro cuando las mujeres hermosas engañan a sus maridos y los dejan con el *de* del dedo propietario rascándose los cuernos. Alguna vez se acabarán los hombres, pensaba de chico, y todos andaremos mucho mejor.

El hombre como animal macho es horrible.

—¡Son todos caínes y sultanes! —dije.

Mi madre, que siempre encuentra disculpas para todo lo malo, dijo que no todos los hombres son caínes. Dijo que también hay Hombres Justos.

—¿Dónde están esos fulanos? —pregunté sin entender.

VIII

—Hay veinte y cinco Justos en cada raza, en cada pueblo, en cada nación, en todo tiempo —dijo mi madre con un vago gesto de bondad—. No se los ve. No se distinguen de los particulares comunes. Salvo en el momento de la revelación de que son los elegidos de Dios.

Contamos los que había en Manorá: Papá, Macario Francia, Gaspar Mora, Cristóbal Jara. Y otros veinte, más o menos regularones. No había más.

Nos sobró un dedo de la mano. Faltaba un Justo en Manorá.

—¿Por qué no María Rosa, la que dio sus cabellos para la cabeza pelada del Cristo del Cerrito? ¿O Natividad? ¿O Salu'í? ¿O Serafina Dávalos, que es de Maciel pero cuyo espíritu está también en Manorá con los cañeros y obreros de la fábrica? ¿O tú misma, mamá?

—Porque, hijo, la tradición milenaria pide que los veinte y cinco Justos sean todos varones.

—¡Para más, esos Justos ya están muertos, menos papá! —dije sin entender la teoría sobre los Justos que sólo podían ser hombres.

—Los Justos no mueren, hijo. Van a otra vida después de la muerte.

Pensé en el limbo del maestro Cristaldo. Allí había también Mujeres Justas. Mi madre no sabía de ese limbo. Yo no le podía revelar ese secreto.

Algún día, con el permiso del maestro Cristaldo, yo la podría llevar tal vez a visitar ese limbo que estaba en la cueva de la laguna Piky.

Gente que a fuerza de morir tantas veces, en las lecturas de los libros, había alcanzado una especie de relativa inmortalidad.

IX

En nuestra casa en ruinas no había puertas ni ventanas. Mi padre la fue restaurando poco a poco con improvisado arte de ebanista y maestro de obras. No había más luz por las noches que los candiles de sebo que fabricaba mi madre.

El vapor y la electricidad sólo vendrían más tarde.

«Estamos viviendo el nacimiento de la Revolución Industrial en medio de la selva... con un siglo de retraso... —solía decir—. En un país que no ha salido todavía de la edad de las cavernas...»

En realidad, el ruido del tren liliputiense de 1856, réplica de la primera locomotora a vapor de Stephenson, era lo único que marcaba con cierta regularidad el paso del tiempo hacia un presente que todavía no existía, que nunca llegaría a ser futuro.

Sin el ruido del diminuto tren centenario, sin el gran ruido de las inundaciones, los iturbeños no hubieran sabido dónde estaban situados.

El periódico ruido del tren les daba la hora y la semana. El fragoroso estruendo de las aguas, les marcaba el temblor de tierra de las crecidas de invierno y de las inundaciones que arrollaban las zonas bajas rompiéndolo todo a su paso.

Era hermoso ver la fábrica rodeada por las aguas. Un inmenso barco anclado en la bahía de las tormentas.

Cuando comenzaron las zafras en el ingenio, el ruido de las máquinas se sumó a los otros dos provocando al principio cierto pavor en los pobladores.

X

La fábrica crecía lentamente con el trabajo de las mujeres en las olerías, de los albañiles en los andamios, de los peones y cuadrilleros en los caminos, en el tendido de las vías férreas, en la fantasmagoría del progreso.

Aviadores y mecánicos alemanes e italianos, que llegaron huidos de la primera guerra mundial, se engancharon a trabajar en la fábrica de «la jungla».

Margaret Plexnies, la *Gretchen* del relato *Carpincheros,* era hija de uno de estos extranjeros escapados de la derrota. Gretchen huyó con los hombres del río. Su historia se perdió en los ríos del Alto Paraná. Su leyenda quedó viva en la memoria de la gente de Iturbe. Fue una leona en la lucha contra los malos jefes políticos, comisarios, capataces, y aprovechadores de toda laya.

Su larga cabellera rubia, como una oriflama de guerra, sobre su cuerpo retinto por el sol, la mostraba siempre en la primera línea del combate.

La tuvieron que matar en una emboscada para poder dominar a los hombres.

XI

La historia del ingenio de los Bonafé yo la conozco bien. Crecimos juntos. Tenemos la misma edad.

Se desmontaba la selva, se abrían los primeros caminos, se tendió el desvío de la vía férrea hasta la azucarera.

Papá, con su cara comida por los terribles parásitos, pasó de peón cuadrillero a las oficinas de la administración. Los males traen a veces algunos bienes.

Humeaban las olerías por todas partes, día y noche, en la fabricación de ladrillos y bloques refractarios para las calderas y la chimenea.

Durante más de tres años, casi todas las mujeres del pueblo se conchabaron en ellas por salarios miserables, bajo el rigor de capataces que implantaron el régimen de esclavitud de los yerbatales y obrajes.

Trabajaban en tres turnos durante las veinticuatro horas. Muchas de estas mujeres venían con sus críos amarrados a la espalda en una bolsa.

No tenían más descanso que una hora al mediodía y otra a la medianoche para darles de mamar y comer ellas su ollita fría de locro y mandioca, junto al fogarón de los hornos.

Morían muchos críos y mujeres por fatiga, por deshidratación, por malos tratos.

Desde su llegada, mi madre se horrorizó ante este triste espectáculo. Formó comisiones vecinales para tratar de aliviar la suerte de estas mujeres en el trabajo esclavo de las olerías.

Luego vino a ayudar a mamá la hija adolescente de los Bonafé, que se llamaba Musa Ardo. Se pusieron las dos a proteger a las mujeres de las olerías. Musa se transformó en líder, primero de las mujeres, luego de los obreros de la fábrica y de los cañeros de las plantaciones.

Musa era hermosa como la estrella de la mañana.

Musa Ardo tuvo que irse de la casa. Pero quedó en Iturbe. Su primer maestro fue Gaspar Cristaldo. Después fue alumna de Serafina Dávalos, a quien iba a visitar a Maciel. Ella la hizo entrar en la Facultad. A los veinte años se recibió de abogada. Volvió a Iturbe y siguió luchando por los trabajadores, hombres, mujeres y niños.

Musa Ardo Bonafé era hermosa como la estrella de la mañana. Era inteligente como Minerva.

XII

Cuando mis dos hermanas crecieron y se me pusieron a la par, nuestro juego predilecto era hacer ladrillos. Ellas querían imitar a las mujeres de las olerías. Yo, al capataz dueño y señor.

Mis hermanas eran las peonas. Pronto prendió en mí con fuerza la autoridad del bruto que vigilaba a caballo los trabajos de las mujeres, a punta de un largo látigo.

Mis hermanas trabajaban en el barro negro del patio, cargaban los moldes y ponían a secar los ladrillitos al sol.

Sentado a la fresca sombra de la parralera, con la guampa del tereré en una mano y el arreador de papá en la otra, con cara patibularia yo vigilaba el trabajo de las peonas, bañadas en sudor y en lágrimas.

Cuando las casitas estaban terminadas, trepaba sobre ellas para probar su solidez. Las casas se venían abajo en una masa de légamo.

Yo hacía zumbar el arreador en el aire, clamando destempladas amenazas contra las inservibles mujeres.

Había que comenzar de nuevo. La olería de juguete pronto se fue al demonio.

El círculo vicioso se rompió cuando el arreador, en manos de papá, se volvió contra mí y me sacó hasta la última gota los humos de torvo y feroz capataz.

XIII

Entretanto, la construcción de la chimenea había producido ya varios accidentes mortales. Su altura sobrepasaba los cuarenta metros.

Los hombres no conocían la altura. El vértigo los volteaba desde los andamios colgantes. Algunos sufrían vómitos y convulsiones. Yo los veía agarrarse a los palos, a las cadenas, hasta que se dejaban caer en el vacío.

Quería escribir sobre todo eso.

Una noche me dormí. El candil cayó del cuello de la botella que lo sostenía. Mi sueño estuvo a punto de provocar un incendio. Me desperté cuando las llamas trepaban ya hacia el techo de paja.

El descuido me valió varias horas de estar hincado sobre los cantos del patio entonando sin parar hasta el amanecer la melopea: «¡No encenderé más candiles para escribir!...»

XIV

Volví al fulgor de la luna llena cuando mostraba su cara redonda y luminosa y me amparaba para escribir. En las fases menguantes, las luciérnagas me proveían de su aceite y de su luz.

Escribí esa noche un relato sobre la lucha de Jacob con el Ángel, que se cuenta en el Génesis.

Mi madre solía leer y comentar ese capítulo de los dos hermanos en las noches de invierno. Para que no fuéramos como ellos.

Ahora yo sentía necesidad de escribirlo de otra manera.

XV

La lucha de Jacob no era con el Ángel sino con su hermano Esaú. Yo era Jacob y Esaú era mi hermano. Imaginé que éramos como hermanos siameses. Estábamos unidos por los calcañares y nos odiábamos a muerte.

Éste es el nudo que el Génesis no pudo resolver.

Yo lo desaté a la luz de los gusanos de luz.

Luchamos toda la noche con los machetes de cortar y pelar caña.

Al despuntar el alba, con un certero machetazo trocé el calcañar que nos ligaba hueso a hueso y me liberé del pesado y negro Esaú.

Quedó como muerto.

Lo cargué en hombros y lo llevé hasta la casa paterna. Lo acosté en su lecho. Le vendé la herida con hojas de altamisa, de salvia y de banano.

Le puse sobre el vendaje la estola litúrgica del padre Abraham, que yo fabriqué con un retazo de lona. Parecía dormido. Iba a irme. Le di un beso en la frente. Me escupió en la cara su odio bíblico.

Me sequé el escupitazo con la estola y me fui.

XVI

En la movilización del año 32, convocada para la Guerra del Chaco, Esaú partió al frente de combate con el grado de teniente de la reserva, muy orondo en su flamante verdeolivo de campaña.

Murió en la batalla del fortín Boquerón, al comienzo mismo de la contienda fratricida, como la llamaba mi padre.

Esaú fue el primer muerto de la guerra. No digo que fue un héroe, porque lo mató una bala perdida en el cuartel general de Isla Poí.

Él mismo era un bala perdida.

XVII

Lo enterraron con honores militares. Le dieron el ascenso póstumo a capitán y le otorgaron la cruz del Defensor del Chaco. Se izó la bandera a media asta. Se dispararon diez tiros de cañón. Se hallaba presente el comandante en jefe y todos los oficiales de su Estado Mayor.

El funeral fue oficiado por el Arzobispo, concelebrado por el Nuncio Apostólico y la asistencia de todos los capellanes del ejército.

No podía ser menos por tratarse de persona tan principal. Un personaje de la Biblia que quiso morir en defensa de la patria.

Después del *Introito* se cantó en latín la historia de Esaú. Una gloria que Esaú no se merecía.

Puse al relato el título de *Lucha hasta el alba,* en el convencimiento de que con él anulaba y destruía la amañada versión de la Biblia y también la mía por contaminación con lo falso humano y lo falso divino.

XVIII

Padre descubrió el relato. Me propinó duro castigo por haber escrito una historia inventada. ¡Esa herejía sacrílega, falsificando las Sagradas Escrituras!, bramó rojo de ira.

—¡Esto es intolerable!

Quemó el borrador y arrojó al río mi farol de luciérnagas. Fue lo que más me dolió.

Me até con un lazo al portón para que
me comieran los mosquitos gigantes que subían del río.

Dijo que me castigaba con todo rigor
para impedir que niños rebeldes como yo se
convirtieran más tarde en Supremos Dictado-
res de la República.

—Los Libros Santos —sentenció mientras me ataba al portón— han sido dictados
por Dios y escritos por los pueblos para que
los particulares lean. De otra manera, la palabra escrita por los particulares es siempre palabra robada.

El rigor de mi padre, que era un Justo,
fue injusto.

¿Por qué un castigo tan furioso por haber escrito yo una historia fingida, aun cuando fuese sacada de la Sagrada Escritura?

Ya entonces me pregunté: ¿Y los libros
que los particulares escriben a su sola inspiración qué pueblos los leerán?

Las bisagras del portón rechinaron.

—La palabra escrita es siempre robada, ha dicho tu padre. Y eso es una verdad
grande como un templo... —chirrió profeso-
ral el portón sin otorgarme el más mínimo
óbolo de consuelo ni de justificación.

Me sorbí los mocos sanguinolentos.

XIX

Padre debía de tener razón. Ahora le comprendo.

Mi primer fracaso con la literatura lo experimenté en el primer relato que escribí, a la temprana edad de los cien mil años de escritura y a los siete de mi edad.

Un relato que tenía las pretensiones de enmendar nada menos que la plana al Génesis corrigiendo, es decir, destruyendo, una de las primeras historias bíblicas.

En *Lucha hasta el alba* yo no me había liberado del siniestro hermano Esaú.

El machetazo que trozó nuestros calcañares, la cadena de sangre y de hueso que nos condenaba a una unión perpetua contra natura, no logró sino algo peor.

El machetazo escriptural rebotó y me partió el alma. Me puso en su lugar el alma negra de Esaú. Esaú se encarnó en mí. Quiero decir, yo le encarné en mí. Esaú tenía todos los dientes podridos. Su aliento se asemejaba al vaho de las letrinas. Yo empecé a respirar ese aliento pestífero que impregnó y contagió las letras.

Dejé de ser Jacob para convertirme, con rasgos aún más sombríos, en el retorcido Esaú. Me miraba en el espejo y veía el rostro malvado de Esaú.

Con la palabra robada de la escritura no había hecho sino apropiarme del alma de Esaú y sustituirla a la mía.

«No escribas, hijo mío, sobre la desgracia ajena...», oía resonar la sentencia de padre.

¿Y cuál desgracia más íntimamente propia que la de llevar adentro al hermano que nos odia más allá de toda ley humana y divina?

XX

Mi padre había cursado el Seminario hasta las Órdenes Menores. Era muy riguroso en la observancia de nuestra santa religión y en el respeto de los Libros Sagrados.

Castigó justamente mi despropósito.

Yo quería ser librepensador y anarquista como mi abuelo portugués.

Don Carlos sólo me hablaba de hombres y mujeres libres en una sociedad igualitaria de hermandad y reciprocidad donde cada uno es diferente y solidario del otro, de acuerdo a su modo de ser, a sus sueños, a sus aspiraciones.

Mi abuelo era un hombre manso y enorme. Yo lo veía avanzar en la oscuridad como un barco en medio de la tempestad.

Su pesado bastón de caoba se le adelantaba como el bauprés del navío. Cuando lo levantaba sobre su cabeza era el asta de la bandera de todos los ácratas del mundo.

Una bandera que todavía no tenía color ni escudo pero que era ya la insignia del futuro.

Mi abuelo profetizaba que el mundo sería anarquista si estaba destinado a sobrevivir en la hermandad, en la concordia y en la reciprocidad. De lo contrario sería destruido por los poderes del egoísmo, de la avaricia, de la discordia, de la violencia. El poder no puede estar fundado en lo peor que tiene la raza humana, decía. Sino en la hermandad de todos los hombres.

Antes de emigrar a América, a finales del siglo pasado, era maestro de la logia lisboeta El Mandil.

En Asunción, a los pocos años de llegado, había fundado ya la logia de los Hermanos Masones.

Conoció a Rafael Barrett. Quedó fascinado por ese hombre que ardía en su propio fuego, comido por la tuberculosis, devorado por el dolor de un noble pueblo condenado a la bajeza, a la depravación.

—¡Éste es el hombre que necesita el Paraguay!... —exclamó mientras un síncope lo desmoronaba lentamente en medio del mitin multitudinario de obreros y campesinos que la presencia de Rafael Barrett había convocado.

XXI

Inspirado en los pies de doble talón del personaje mítico, llamado *Pytayovai,* encontré la manera de escribir relatos hacia atrás y hacia adelante, para que padre no pudiera descifrar mis manuscritos, ni seguir las huellas de los personajes, ni entender sus historias.

Lo peor era que después a mí mismo me costaba encontrar la línea verdadera, el sentido de esos relatos superpuestos, atravesados, enredados entre sí, destrozados, malogrados, arruinados, destruidos, por imposibles. Por destrucción de lo real.

XXII

La verdadera realidad no es para mí sino lo real de lo que todavía no existe. Lo que debe ser descubierto en sus caras más oscuras. Esas caras cambian de un instante a otro, pero ya están allí desde tiempo inmemorial contemplándonos. Yo buscaba esas caras oscuras.

Si alguna virtud tiene lo que escribo se reduce al hecho de que lleva en sí mismo el germen de su negación, de su destrucción.

Las tachaduras acaban por invadir los menores intersticios de lo escrito haciendo que las historias que debieron haber sido contadas no hayan sido contadas sino en permutación con otras que no fueron escritas.

No escribo para un público determinado.

El público crea su propio libro sin necesidad de autores. No escribo para la posteridad. La posteridad no es rentable. Nadie busca en la inmensidad del mar, entre tanto desperdicio, la botella que se supone lleva en su interior un mensaje destinado a sobrevivir a la nada.

Escribo sólo para mí. Para capturar la huidiza memoria del presente, por lejos que uno retroceda.

XXIII

El verdoso fulgor del farol de luciérnagas volvió a brillar en la oscuridad de mi habitación.

La inspiración no es más que el sudor de una larga paciencia.

Reescribí la historia que yo recordaba palabra por palabra. Sólo que ahora me la robaba a mi propia imaginación.

Allá la Biblia y sus atarantados versículos.

En la nueva versión el castigo lo recibía Esaú, fiel a mi norma de que las historias fingidas deben contar la verdad como si mintieran.

Lucha hasta el alba no fue publicada jamás, pero en mi calcañar quedó impresa la cicatriz del machetazo que me liberó del odio de Esaú al precio de dejarme rengo por el resto de mi vida.

Mucho más tarde, en la Universidad, escribí una nota. El cuaderno de apuntes se perdió, pero yo recuerdo lo que escribí en esa nota.

«El robo es lo mejor que le puede pasar a la palabra escrita porque siempre está abierta para que todos la usen a su talante. No es propiedad de ningún autor. Está ahí para eso, para que la tome el primero que pasa. Sin la palabra robada nadie habría podido comunicarse. No habría podido ser escrito ningún libro. Ni siquiera los Libros Sacros, que padre tanto aprecia y respeta.»

XXIV

Oigo aún a mi padre amonestándome:
«Hijo, no escribas. La escritura es el peor veneno para el espíritu.»

Las desgracias ajenas yo las sentía como propias cuando las escribía. No existían otras.

Encontraba hermoso y terrible despegar las angustias ajenas en la letra escrita hasta que se convertían en las desgracias que uno mismo padece. Expresar el sufrimiento en el momento mismo de producirse.

El doloroso olor de la memoria.

XXV

Las filípicas de mi padre eran interminables. Cuando empezaba a despotricar, no se sabía nunca cuándo iba a cambiar y cesar el viento regañón.

El hormigueo de las rodillas del niño penitente hincado sobre la tierra cubierta de pedregullo se transformaba, crecía en dolor, subía por las vértebras hasta regurgitar en mareos y en vómitos.

Me abrazaba a la chimenea. Trepaba por ella hasta la cúspide para arrojarme por el vacío oscuro.

Mi padre decía aún:

—Guarda lo que tienes para que nadie te arrebate tu corona.

Las palabras de mi padre me hacían experimentar un angustioso encogimiento del corazón. Él era un perdedor nato. Había perdido todo. Era un pobre de solemnidad. Un misacantano que no tenía más corona que el rapado de la tonsura. Hasta el día de su muerte lució ese rapado circular en la coronilla como otra cicatriz de los parásitos.

—¡Manténte firme, hijo mío! ¡Manténte firme en la pureza de tu corazón!...

—¡Padre mío, padre mío, perdóneme!... —plañía yo transido de pena—. He pecado gravemente contra el cielo, contra el espíritu y contra usted... pero al menos déjeme habitar el rincón más pobre de la casa, en el corral de las vacas, en el cobertizo del excusado...

Mi padre me había enseñado el latín para impedirme que aprendiera el guaraní en mis «juntas» con los desarrapados chicos del pueblo.

Yo no reclamaba sino el derecho de poseer mi frasco de luciérnagas, escribir esos relatos nocturnos que eran mi lucha con el Ángel, y de día correr las aventuras del río con esos ángeles resplandecientes de libertad.

Debo decir que nunca levanté la voz ni discutí con mi padre. En realidad lo único que yo decía desde lo hondo de mi íntima furia, sin despegar los labios, era: «Padre mío, váyase mucho al carajo con sus puñeteras prohibiciones de catecismo...»

Mi padre apreciaba en ese momento mi callada humildad.

Me daba un beso en cada mejilla y un abrazo en señal de reconciliación. Calmada su agitación, se iba más sereno a su sueño.

Cojitranco, dividido por la mitad, como el Jacob de *Lucha hasta el alba,* yo no encontraba mi lugar entre esos seres queridos que se habían adaptado al desnivel que sufríamos en el entramado de una sociedad de amos y de siervos.

Duro y compacto, mi padre era inmune a los trastazos e injusticias de los desequilibrios sociales. Para él los amos estaban arriba y los siervos abajo. Para mí los verdaderos amos eran esos chicos libres, sucios y hambrientos, comedores de tierra, cuya compañía me estaba vedada por la doble barrera del idioma, por los prejuicios de clase, pero a los que yo amaba y admiraba.

XXVI

Más tarde comprendí que mi padre se enfurecía contra mí por su propio pecado. Él también escribía sin cesar.

Escribía cartas dignas del mejor epistolario clásico de la Iglesia.

Conservo una con especial devoción: la que me escribió cuando comencé mis estudios en Asunción, en casa de mi tío el obispo.

Me hablaba en ella de su hermano, a quien consideraba un verdadero santo, como en verdad lo fue. Este prelado pobre, amigo servicial de los pobres, vivía relegado en su vieja casa, deliberadamente olvidado por la joven clerecía. Apenas se le mencionaba ya como ejemplo incómodo y anacrónico del viejo cristianismo «con olor a catacumba».

«¡Ese espíritu ya murió!...» —clamaba mi padre.

En los años de mi vida, cuando me dediqué al estudio de los clásicos latinos, no leí ninguna hagiografía semejante a la escrita por mi padre en su larga carta sobre el viejo prelado, un verdadero Justo entre los Justos de la tierra.

El estilo carnoso, vital, de San Agustín, el estilo seco y lapidario de Santo Tomás, se juntaban y resplandecían en sus escritos, menos abierto, más crispado sobre sí.

El estilo de padre era el de San Agustín, ciertamente, pero moderado por el sobrio latín de su conversor San Ambrosio.

XXVII

En aquella carta mi padre hacía también el conmovedor retrato de su hermana

Raymunda, mi tía, mi segunda madre, sostén material y espiritual del obispo.

Esta santa mujer hizo nacer en mí el sentimiento de lo sagrado, la vocación de entrega a los demás, que no supe cumplir, hasta sus últimas consecuencias, como ella me lo enseñara.

En aquella carta de mi padre se inspiró uno de mis primeros relatos, *El viejo señor obispo.* Lo que me convertía en plagiario de mi padre.

Mi único mérito consistió en copiar, casi literalmente, aquella carta; en robar su palabra para rendir homenaje a estos dos seres de venerada memoria.

El obispo de los pobres apacentaba la grey de mendigos que venían a su casa en busca de pan y de consuelo. En el relato sustituí esos mendigos por los sobrinos que eran doblemente mendicantes y orgullosos. Esa plaga de parásitos infestaba la casa del viejo señor obispo.

Me cuento entre aquellos falsos mendigos.

XXVIII

El traqueteo de las ruedas del tren penetra por momentos en mi conciencia. Me recuerda mi condición de proscrito, de prófugo, de espectro errante.

No es esta huida sin esperanza, sin duda, lo que mi tío el obispo y mi segunda madre Raymunda habrían deseado para mí como última etapa de mi vida.

Me acompañan en el tren. Veo sus rostros en el espejo de polvo que llena el vagón. Escribo para ellos este envío.

Las palabras del alma no se pierden, decía mi tía Raymunda, y su rostro moreno se iluminaba con el resplandor del más allá.

«Estad seguros, seres muy queridos, veneradas sombras, desde aquí os digo en la seguridad de que la muerte ya cercana no me desdecirá, que este final extravío de mi vida no es sino la consumación de un voluntario sacrificio que me he impuesto como la última forma de expiación que me estaba destinada. Perdón y adiós...»

Cuarta parte

I

Cuando refloté del sopor, me encontré solo en el vagón, sin más compañía que la de la gorda chipera.

Me costó despegarme de aquellos sueños que un día habían sido realidad. La mujer hizo un comentario irónico sobre mi capacidad de dormir.

—El que duerme mucho sueña cosas feas...

Recordé en ese momento haber sorprendido un gesto de inteligencia entre la mujer y los torturadores, durante el vodevil del mono.

Caí algo tardíamente en la cuenta de que la gorda chipera era una soplona. Hacía su trabajo en el tren. Ella misma había dicho que viajaba, en forma permanente de Asunción a Encarnación, ida y vuelta. «No bajo casi del tren...», le había oído decir.

Las canastas de chipá, el anzuelo del mono salaz no eran sino sus trebejos de atracción de feria para entrar en contacto con los pasajeros y encalabrinar sus simples entendimientos. Se me hizo evidente de pronto que la mujer albergaba sospechas contra mí y que me tenía discretamente en su mira.

La sagacidad de estas soplonas suele superar todo lo que su burdo talante hace esperar de ellas.

En un descuido, mientras echaba humo por la ventanilla, comprobé que en sus canastas no había ningún chipá, ninguna baratija que vender. Su mercancía era de naturaleza más sutil y más peligrosa. Su oficio, más fácil que luchar en los andenes con las competidoras, y estaba mejor remunerado.

—Busca algo, don... —preguntó de repente volviéndose, al pillarme de reojo cuando escudriñaba sus alforjas—. Esta vida tiene sus mañas. Tiene sus vueltas. Todo puede suceder... —agregó irónicamente.

II

Mi mutismo se me complicó con una náusea de desprecio, que me resultaba difícil ocultar.

Por alguna pequeña rajadura de mi disfraz espectral, el instinto de la soplona, estaba empezando á sospechar qué podría esconder la naturaleza verdadera del *pynandí* que viajaba delante de ella, encerrado en hosco silencio, inconcebible en un genuino *pynandí* por lo común jovial y dicharachero.

Mi rápido espionaje, en lugar de caerle como un agravio, la alegró. Confirmaba sus sospechas.

La lucha estaba entablada ahora entre ella y yo.

Pronto comenzaría sin duda a atacar, a picotear, a echarme arena en los ojos. En realidad ya había comenzado a tender sus fintas con frases y gestos ambiguos y equívocos.

Mi defensa quedaba librada a mi sola, cautelosa, simulada pasividad, muy inferior a los poderes de taimada marrullería de la exuberante mujer.

Se me hizo evidente que, en cualquier momento y ante el menor indicio de que sus sospechas eran fundadas, podía alertar por los medios más increíbles a los matones policíacos que seguramente se hallaban aún en el tren.

Debía ocultarme mejor. Debía hacerme invisible.

III

—Vea usted lo sin más pena que son —dijo la mujer observando hacia afuera el remolino de gente gritando y trotando alegremente en las trochas haciendo como que iban empujando el tren.

Las caras y las ropas tiznadas de carbonilla en un carnaval de improvisada locura. Los ritos y las máscaras salen de cualquier parte, en cualquier momento.

Seguí haciéndome el dormido, meditando cómo podría a mi vez neutralizar y embaucar a mi expansiva compañera de viaje.

El mono logró zafarse de su jaula y estuvo en un tris de saltar por la ventanilla para reunirse con los procesioneros.

—¡Véngase aquí, Guido, mi Piticau, *che corazö!* ¿Adónde va a ir usted, mi rey, con esos *tavyrai* partida? Quédese con su mamá... —le tendió una confitura y le puso una correa al collar.

El mirikiná se hundió, mimoso, en el vasto regazo.

Las manos gordezuelas, increíblemente pequeñas, frotaban las orejas y la cola del mono que masticaba la confitura con las encías violetas arremangadas, los ojillos girando en todas direcciones, mientras escupía las cáscaras del maní como proyectiles.

IV

Hubo una llamarada hacia el exterior.

Una enagua de fibra estaba ardiendo sobre el cuerpo de una mujer joven. La muchacha trató de liberarse de los andrajos ardientes. Se los arrancó a manotazos y quedó en cueros en medio del campo, sólo quejándose un poco para sus adentros.

Echaban humo la cara y el cuerpo ampollados de quemaduras. Ardía el sol sobre el cuerpo desnudo que se doblaba con los brazos entrelazados sobre los muslos.

Los ojos machunos se quedaron contemplándola con viscosa curiosidad.

—¡Bersabé... tapate na la vergüenza, che ama! —le gritó la mujer arrojándole un manto encima como quien apaga una vela.

Desde la ventanilla la chipera la insultó en guaraní.

La muchacha corrió para alcanzar al tren. Se subió y se acurrucó junto a su canasta, de seguro también vacía de mercancías.

Se quedó dormida. Se quejaba en sueños. Me acerqué a observarla. Los rostros dormidos son impenetrables.

La gorda mujer protestó, como desde la repentina acidez de un cólico moral.

—¡Ya no tienen vergüenza las muchachas de ahora!

—Las chispas del tren le quemaron la ropa —la defendió el viejo—. Ella no tuvo la culpa.

La mujer continuó sin oírlo:

—En nuestro tiempo la vergüenza era una prenda que una llevaba cosida bajo la ropa. Y yo, señor, le diría que la teníamos zurcida en la piel. No hay mejor remiendo que la tela del mismo paño.

—¿Es su hija? —le preguntó el viejo.

—Casi. Bersabé es huérfana de padre y madre.

La cara de la muchacha, ulcerada por las quemaduras, le daba un aire fantasmal. Estrellas inflamadas le supuraban en la cara.

—La estoy criando yo. Es sorda. No habla —dijo la mujer echando humo de su cigarro despachurrado—. Pero los mudos y los sordos, cuánto hacen hablar.

—¿De dónde es ella? —preguntó el viejo.

—Eran del pueblo de Tava'í —contó la mujer—. Las guerrillas del 14 de Mayo anduvieron por allá, hace dos años. Arrasaron el pueblo. Mataron a los hombres, violaron a las mujeres. Menos mal que las tropas del general Colmán fundieron a los guerrilleros. No quedó ni uno para remedio. Pero ya el daño estaba hecho. Bersabé perdió el oído. Perdió la familia. Perdió todo. Quedó sola. No me tiene más que a mí. Éstos son los resultados de la acción de esos subversivos que quieren salvar la patria, *ndayé*.

Sus pequeños ojos marrones me escrutaron. Esperaba sin duda que la contradijera.

V

El rostro inflamado de ampollas daba a la muchacha dormida un aspecto espectral.

Detrás de su sueño, la muchacha parecía despierta. Supe que me miraba. Su aparente indiferencia escondía el desprecio, el odio, el miedo. No un miedo cerval, sino la paralización de sus sentimientos más íntimos. Sólo el temblor de su cuerpo, acurrucado bajo la cobija, delataba la intensidad de su desdicha, de su inconsciente condenación.

Para esa muchacha, si la mujer no mentía, violada por los soldados junto a los cadáveres de sus padres, la vida se había cerrado sobre ella, como su mudez.

Bersabé estaba muerta como mujer. No tenía más esperanza que su odio. La soplona la utilizaba como sirvienta. Luego la haría trabajar como prostituta. La vendería a vil precio a sus clientes viciosos o la regalaría a algún oficialito a cambio de pequeños favores.

VI

—Y usted ¿de dónde es, don? —me preguntó la mujer, observando el paisaje.

Oí sus palabras lejanas en el entresueño de la modorra.

—De dónde es usted —repitió como tomando mis medidas...

—De Encarnación.

—Yo también soy de Encarnación. No lo suelo ver por allá.

—Hace mucho que falto...

Volví a cerrar los ojos acogiéndome al disimulo del sueño.

—Yo voy para desobligar a mi hija que va a tener familia. Soy comadrona también. No hay cosa que no sepa hacer. Una tiene que estar preparada para todo.

Se acomodó el cigarro en la comisura y empezó a echar humo. Ahora se le calentaban las palabras en la boca de querer largarlas todas juntas.

Iba a mudarme a otro asiento. Me retuvo con un gesto.

—Le oí soñar en voz alta hace un rato. Le oí decir cosas... —murmuró probando terreno—. Usted anda también por allá lejos, si no me equivoco.

—Sí —admití sin la menor convicción.

—Le han maltratado mucho parece.

—Tuve una caída. Salí ayer del hospital.

—¿Cuánto hace que falta del país?

—Desde el 47.

—Ah... desde la revolución de los pynandí. Una vida entera en el destierro... —clo-
queó la mujer—. Es corto el tiempo y la desdicha es larga. En un descuido se sube encima de
uno la tierra y se acabó el cuento. Lo peor es
cuando se le cae encima a uno la tierra ajena.

VII

Con la mayor indiferencia que podía
aparentar, le pregunté a mi vez:

—Esos señores que venían en el tren
¿se bajaron ya?

—¿Qué señores? —fingió sorpresa, in-
quiriendo con las cejas fruncidas el sentido de
mi pregunta.

—Esos señores que venían de Asunción. Eran tres. Estaban ahí cuando el mono
hizo sus chafarrinadas.

—No sé de qué me habla, don —se
desentendió del asunto con tranquila inocencia.

Me recosté contra el duro respaldo y
volqué el ala del sombrero sobre los ojos,
dispuesto a no dejarme envolver por la clo-
queante y húmeda charla.

—¿Y adónde va, si se puede saber?

Ante mi silencio, insistió:

—¿Adónde va?

—A Encarnación.

—¿Y qué piensa hacer allá?... Digo, si se puede saber... No quiero ser curiosa ni que usted se amoleste.

—Vengo a buscar trabajo —tardé en responder.

—La querencia tira, ¿ayepa?

La mujer escupió hacia afuera. La lloviznita volvió a entrar por la ventanilla.

Me pasé la mano por la cara para enjugar el rocío que apestaba a tabaco.

No dijo nada más. Juntó las manos y se puso a musitar un rezo inaudible que le hacía temblar todos sus bloques de carne blanda. Iba a agregar algo. Quedó callada. Sabía algo, pero no lo quería soltar.

La miré hondamente, como si de esa tosca mole humana pudiera venir una revelación.

La revelación vino, pero bastante después.

Creí que se había quedado dormida. Me estaba estudiando con los ojos cerrados.

Quinta parte

I

El tren estaba repechando las lomadas de Paraguarí.

Bajé para desentumecer las piernas. Sobre todo para escapar del acoso de la soplona. Caminé pegado a los flancos de la máquina saltando sobre los carcomidos, resonantes, aletargados durmientes.

Me adelanté a la locomotora.

Vi el escudo engarzado en la nariz de la máquina.

El escudo originario estaba ahí sobre el óvalo de oro. El león parado se erguía asido a una lanza. El gorro frigio y la estrella coronaban el ramo de palma y olivo.

El escudo de la nación era ese huevo negro y chato que refulgía en los bordes. Semirroído y ennegrecido por los cálidos humores silvestres, por el hollín y los vientos de cien años, mostraba, bastante empañado, el orgullo de los viejos tiempos.

Solamente en los bordes el oro bruñido brillaba a los rayos del sol. Irrisorio vestigio de la grandeza pasada.

El huevo de la patria, desovado por una gran gallina negra, estaba allí, aplastado contra la nariz de la locomotora legendaria.

Una patria ecuestre de huevos enormes como los caballos de bronce.

El escudo de oro del patriarca Don Carlos custodiaba la locomotora de 1857.

Nadie había osado desmontarlo, robarlo, de ahí. Ni siquiera el caudillo José Gil que tenía empedrada la boca con dientes de oro fundidos con el oro de los lingotes robados al Banco de la República.

El lampo de oro de esa boca fanatizaba a las multitudes hambrientas. Las arrastraba a las feroces batallas por la libertad.

No había necesidad de discursos ni de proclamas. Bastaban los gritos inarticulados, el tableteo de las ametralladoras, el trueno del cañón. El rayo. El relámpago de oro en la boca de los caudillos.

En ese escudo había material al menos para otras veinte jetas colmilludas.

En la inscripción ennegrecida se leía la siguiente leyenda:

Locomotora Paraguay - 1857
Presidente Don Carlos Antonio López

Una fábula de la historia patria. No importaba eso demasiado ahora.

La locomotora rodaba con nosotros como negación de todo lo posible.

II

Cuando empezó a funcionar regularmente, una especie de locura colectiva se abatió de improviso como una peste sobre la colonia de ingenieros y técnicos ingleses instalada en torno a los altos hornos de Ybycuí.

La pequeña ciudad iba creciendo con aires de aldea inglesa, en la que el estilo Tudor se mezclaba con el barroco hispano-guaraní.

Los matrimonios convivían en aparente armonía, dados a sus fiestas familiares; fieles a sus costumbres, a su religión anglicana, a su té a la inglesa. El *Times* de Londres les llegaba con dos meses de atraso. Todo iba a pedir de boca.

Un buen día el ingeniero jefe apuñaló a su esposa.

A intervalos regulares, los asesinatos continuaron. No sólo de las esposas. Se les sumaron suicidios y muertes súbitas.

La epidemia se extendió rápidamente.

Era algo semejante a una ceremonia de sacrificio colectivo. Alguien había comenzado a comer hongos alucinógenos, o algo por el estilo. El apetito mortal se extendió.

III

Gente inteligente y refinada, pareció atacada de súbito por la peste de una locura desconocida. Caballeros irreprochables sacrificaban a los suyos a puñal, veneno o cuerda.

La violencia reinaba allí en un desencadenamiento inmóvil que de pronto podía aplastar a todos. Los exorcismos del pastor no dieron el menor resultado.

El pastor mismo amaneció un día colgado de una de las vigas de la pequeña capilla.

La floresta apacible se había transformado en una jungla de insectos monstruosos, de ponzoñosas emanaciones, de aguas cenagosas y palúdicas.

La felicidad de esa gente extranjera no era entonces sino la máscara de una obsesión. Ser felices a toda costa en la tierra bárbara, semejante sin embargo a una Arcadia. Los ingleses eran los nuevos árcades en el Paraguay.

Las estrellas brillaban puras sobre la catástrofe.

IV

Los magistrados británicos dictaminaron.

La causa evidente del inaudito pandemonium eran el clima, la naturaleza inclemente, emanaciones de ciertas plantas, hongos onirófagos, mosquitos letales, vampiros portadores de pestes malignas, insectos monstruosos, miasmas pestilenciales, árboles tibios de humedad venenosa.

Recordaron algunos episodios semejantes sufridos por los colonos en la India, en Malasia y otros sitios inhóspitos de las posesiones británicas.

El ingeniero jefe quedó con el color de una hoja seca. Estaba mortalmente enfermo. No pudo asistir al juicio. El pelo rubio encaneció de golpe. Le salían gusanos amarillos de las fosas nasales, de los oídos. Perdió el habla. Mejor dicho, dejó de proferir insultos soeces contra el jefe de Estado.

—Nadie sabe de qué negras raíces crece la perversidad de los hombres... ¡Duro con ellos!... —dicen que dijo el presidente López cuando le llevaron la noticia.

No había policía ni ejército. La guardia de los altos hornos entró en acción. Los uxoricidas fueron apresados y repatriados, cargados de grillos.

Los que todavía no lo eran fueron separados de sus mujeres, de sus niños y también repatriados.

Todos sufrían el espanto de contemplar el fondo de la botella.

V

No acabó todo en estos episodios semejantes a fenómenos de brujería.

Sucedió algo aún más extraño. Las esposas sobrevivientes, menos dos o tres, no quisieron volver a Inglaterra. Asumieron su condición de viudas honorarias.

Se convirtieron en campesinas, trabajaron la tierra y se mezclaron con la raza a la que en un comienzo habían despreciado. Aprendieron su idioma, sus costumbres, comían sus comidas. A los pocos años no se distinguían de las mujeres locales, salvo por el color del pelo y de la tez.

Aprendieron de ellas el estoicismo ancestral.

Olvidadas de la tragedia fueron envejeciendo en la suave felicidad de los simples. Algunas volvieron a tener hijos.

Como los de las mujeres nativas, éstos también eran hijos de padres desconocidos.

Ninguna de ellas quiso revelar el origen de tales nacimientos.

VI

Cuando estos muchachos se hicieron hombres el gobierno les dio puestos en el ferrocarril y otorgó pensiones a las madres.

Por mucho tiempo fue fama el que los maquinistas del Ferrocarril Central del Paraguay eran casi todos rubios.

El de nuestra locomotora también lo era. Cabellos lacios de fino oro. Rasgós típicamente británicos. Fumaba en pipa. Anillos de humo se apelotonaban en su cabina y escapaban por el tándem de las leñas.

Conversé un rato con él caminando al costado de la máquina. A una pregunta que le hice sobre la historia de los ingleses, se burló de mí con un brulote en guaraní, el más indecente de todos.

Debí comprenderlo. Nadie se apiada de sí ante los demás por pura vanidad o autocompasión. Nadie descubre sus secretos de familia al primer recién llegado, y menos aún a un palurdo del campo, de ridícula facha y rostro desfigurado.

Este Adonis fundido en el crisol de dos razas se sentía desbordado por la alegría de vivir.

Hombre recio, fino, parecía un *dandy* de manos toscas, bronceado de sol, dándose aires de rústico patán.

La vida sería siempre para él demasiado poco. Y algo mucho menos que poco la historia de sus antepasados. No dejaría escapar jamás la más ínfima sombra de una confidencia.

Seguí al tren andando por la trocha como los demás.

VII

Poco después, el maquinista me llamó con un movimiento de su pipa.

—¿Quiere usted saber de aquello? —me preguntó casi con sorna, arrojándome a la cara anillos de humo.

No dije nada. Capturé con el índice uno de los ondulantes anillos.

Mientras marchaba pegado a los flancos de la locomotora, contemplaba el vaivén de las bielas.

Empezó hablando de cualquier cosa. Luego me contó la historia despojada de sus excesos, de su grandeza siniestra, reduciéndola a una simple querella de familias mal avenidas.

Lo más grave que había ocurrido no era sino el ojo negro que un caballero irascible le había puesto de un puñetazo a una viuda algo ligera de cascos.

Un relato misérrimo.

El asunto se tornó indigno hasta de ese incoherente relato.

Dijo que todo no había sido más que un cuento urdido por los espías del gobierno.

A las cansadas me reveló que era bisnieto de gente muy principal.

—¿Usted es un Whytehead? —murmuré descolocado, completamente confuso.

—No —dijo con un guiño divertido—. Soy bisnieto del pastor Mulleady. Vamos, el que bendijo esta locomotora cuando la inauguraron en 1857. Fue una fiesta nacional. Era la segunda versión de la locomotora de Stephenson. La primera en las Indias Occidentales.

Tras una larga y sonriente pausa, agregó:

—Poco después de la inauguración, mi bisabuelo el pastor amaneció colgado de una de las vigas de la capilla. Pesaba más de diez arrobas. No se pudo sospechar de mi bisabuela, su mujer.

VIII

El bisnieto del pastor se hallaba a gusto en la tierra bárbara. Se había integrado totalmente a ella.

Su voz abaritonada estaba libre de reminiscencias del inglés del siglo XIX, pero también de acentos regionales, tanto del español y del guaraní, como de su infame mezcla bilingüe.

El rubio maquinista, maculado de aceite y carbón, era *ya* un hombre de aquí, aunque su rostro sólo podía estar en un cuadro de la National Gallery. En un retrato de Gainsborough o de Reynolds.

Con voluble humor y muchas interrupciones contó que la viuda del pastor, su bisabuela, se había casado con un teniente de la guardia de los altos hornos, veinte años más joven que ella.

Se interrumpió con una carcajada.

Dijo que desde entonces su familia había seguido sufriendo la plaga de sementales nativos pijoteros.

Se corrigió y dijo:

—De *maridos* paraguayos. No eran más que arribeños que desembarcaban de sus jangadas por algunas noches. Llegaban y se iban.

—Los arribeños son así —dije.

—Las mujeres inglesas hacían de abejas reinas del colmenar. Los mandaban al muere en seguida.

Tras una pausa agregó:

—Los mestizos paraguayos son muy haraganes. Zánganos de tomo y lomo. Duermen todo el día, mientras disponen de mujer y comida. Tienen mucha energía al pedo. No son más que unos braguetas rotas de buenas pelotas. No sirven más que para eso.

En mi confusión ensayé loas a los británicos en el Paraguay. En particular, a la constancia y paciencia de esas abejas reinas de la rubia Albión.

—No se canse, amigo —me exculpó—. Los gringos son también muy sinvergüenzas y pijoteros. Ahora suba al tren. Estamos por pasar el puente de las bombas en Sapucai.

El puente que la tradición llamaba *Los suspiros de las ánimas.*

IX

El tren hacía rechinar y bambolear el largo puente de madera. Miles de ánimas gemían en las podridas maderas.

Estaba allí hacía más de medio siglo sobre el enorme foso abierto por la explosión del tren cargado de bombas durante el levantamiento agrario del año 12.

El puente no se sostenía sino en la seguridad casi milagrosa de que sólo iba a desmoronarse al día siguiente. Y así un día tras otro.

No hay fe mejor que la seguridad de lo imposible.

X

En mi primer viaje a Asunción, a los diez años de edad, acompañado por Damiana Dávalos, dormimos en ese cráter. Muy apretados por el frío y por las tibias caricias de la joven criada de mi madre.

En ese cráter lunar, la silenciosa y ardiente sabiduría de Damiana Dávalos me inició en la hombría antes aun de que hubiese tomado la Primera Comunión.

Lo cual no era un mal comienzo.

Damiana (a quien yo llamaba Diana) me enseñó que si el amor existe es gracias a Dios pero que si el amor se hace es gracias a dos.

Deduje que Dios no puede todo.

Desde entonces el salado y suave sabor de un sexo de mujer me iba a recordar para siempre aquella fosa inmensa y oscura, llena ahora de espesa vegetación, sobre la cual avanzaba el tren retumbando como sobre un acueducto.

Creí siempre que aquello había sido un sueño de mi pubertad.

El sueño es siempre el recuerdo de algo que no sucedió.

XI

Ahora, en mi adultez, en este día de poco y víspera de nada, aquel sueño del cráter es un recuerdo más nítido e indeleble que el sueño de un niño. Un recuerdo molido y destilado por los mismos olores, por los mismos deseos, por el mismo delirio.

Un cráter lunar en el mito de la inocencia perdida.

XII

La gorda mujer —porque esta soplona era a pesar de todo el inconmensurable prodigio de una mujer— se persignó durante toda la travesía del puente bisbiseando la letanía de una sola palabra, *Dios... Dios... Dios...*, en una explosión de pequeñas toses que hacían temblar su papada.

Cuando el tren dejó de retumbar en el maderamen canceroso y tembleque, la mujer exhaló una prez y suspiró con los ojos cerrados: *¡Dios te salve María purísima... sin pecado concebida...!*
—Las desgracias vienen cuando ya ha pasado lo peor —murmuró como en una jaculatoria final—. Las cosas buenas sólo suceden al día siguiente de lo malo.

XIII

Se dirigió a mí:
—Se me antoja que viene muy sufrido, don. Viaja muy callado. ¿O es que también le duele hablar?
Me alcé de hombros mirando el cráter.

—Hace bien —dijo la mujer—. No hay cosa tan bien dicha como lo que no se dice. Yo en cambio soy muy palabrera. Y eso me mata.

—Usted no habla por hablar —dijo el viejo con cachaza—. Usted habla buscando la vuelta.

—La purísima verdad, señor —admitió la mujer—. La riqueza del anillo está en su vuelta...

Levantó las manos y los antebrazos chaparros, enchapados con pulseras y anillos de chafalonía. Los hizo tintinear en lo alto.

También los anchos pies palmípedos mostraban los dedos enjoyados de anillos baratos pero luminosos, lustrados con saliva, operación a la que se dedicaba prolijamente a cada tanto en lucha contra el polvo tenaz.

—Yo soy de Encarnación pero viví mucho tiempo en Iturbe. Lindo pueblo, Iturbe. Trabajé de costurera y pantalonera en Iturbe —dijo la mujer—. Yo cosí los primeros pantalones largos a los muchachos de aquella época. Ahora, si viven, tendrán la edad de este señor.

En mi interior agradecí a la soplona que omitiera el nombre de Manorá. No podía ignorarlo. Pero era un homenaje el que la voz indigna no mencionara el nombre de Manorá ni nombrara al maestro Gaspar Cristaldo, su fundador, el personaje más importante que vivió allí.

Era evidente que la soplona no conoció al maestro. O que lo negaba a propósito, a saber por qué motivo.

XIV

De uno de sus bolsos sacó una sobada foto y me la mostró con orgullo. Vi el pueblo, la fábrica y el río.

Del sobado mazo extrajo y exhibió otras fotos. En una de ellas —la emoción me ató un nudo en la garganta— vi a papá y mamá atendiendo a los heridos que volvían del frente después de tres años de guerra.

Los catres y camillas estaban esparcidos bajo los árboles, bajo una enorme bandera nacional.

Seguí contemplando las fotos.

La chimenea altísima, rayaba las nubes sin echar gota de humo por la boca de bronce. El pararrayos ya estaba colocado y despedía chispitas verdes, amarillas y azules.

Un día, a los doce años de edad, con la complicidad de los obreros foguistas, trepé en el interior de la chimenea por la escalerilla en espiral. Casi no hubo necesidad. El poderoso tiraje me levantó en vilo, chupándome hacia lo alto hasta que el viento de las alturas me golpeó la cara.

Abrazado al pararrayos, había visto el pueblo más pequeño que en la foto. El pueblo más pequeño del mundo.

Vi el humo de las olerías. Como hileras de hormigas, las mujeres transportaban sobre sus cabezas inmensas cargas de ladrillos, recién moldeados, hacia los grandes hornos envueltos en llamas.

Vi una olería microscópica.

En el patio de casa, más pequeñas e insignificantes que dos hormiguitas blancas, mis hermanas amasaban el barro, llenaban los moldes y los tendían a secar en hileras bajo el sol de fuego.

Habían formado su cooperativa propia. Años después se les unió el hermano benjamín. Era un científico y un hombre de empresa. El negocio les iba bien. Padre cuidaba de que no se le subiera de nuevo al cadete los humos de un implacable y autoritario capataz.

XV

La voz monótona del viejo enumeró con el sarcasmo de los que ya nada tienen que esperar:

—En Sapucai los sapuqueños tienen a los leprosos, la salamanca de las bombas. En Iturbe, las inundaciones. Las grandes tormentas que hacen volar las casas. Las olerías con el trabajo esclavo de las mujeres. Los trapiches y alambiques de caña clandestina, los ladrones de ganado...

—No vaya a creer, don —le atajó la mujer—. En Iturbe hay también algunas cosas buenas. Los iturbeños no son orgullosos. El orgullo es la virtud del que no tiene nada.

Lanzó una bocanada de humo.

«Hay la azucarera de los catalanes Bonafé, continuó la mujer. Véala usted —le alcanzó una cartulina coloreada—. La primera del país. Riqueza del pueblo, de toda la nación. Orgullo de la paraguayidad, dicen los que saben hablar. Hay un gran cuartel de caballería como de diez cuadras, cuyo jefe es el futuro presidente de la República.»

Hizo un gesto de reverencia.

—Eso está muy bien —dijo el viejo, burlón—. Un presidente en el Paraguay no puede ser sino un jefe de caballería.

—Y está también el gran puente sobre el río Tebicuary que construyeron los soldados. No esta porquería de puente remendado, que un día se va a ir al fondo de la salamanca con todos nosotros hechos bosta.

—¿A qué hora pasaremos por Iturbe? —preguntó el viejo.

—A medianoche, seguro —informó—. A veces el tren ni para allí. Salvo que traiga carga para los comerciantes del pueblo o para la azucarera. Iturbe es ya ahora una ciudad.

Hay que ver la iglesia de los evangelistas, construida sobre un zócalo de mármol rosa en el lugar donde antes estuvo la laguna muerta de Pyky.

Sentí el estrujón del corazón isquémico.

En medio de esa laguna muerta el maestro Gaspar Cristaldo había construido su rancho lacustre. Tenía su canoa atada a un pilote para cruzar la laguna. Él transformó ese pantano en un jardín. Cuando él murió volvió a convertirse en una laguna podrida.

Se había ocultado el sol. Cayeron de golpe las primeras sombras desprendidas del cielo tierno del anochecer. Las chispas bailoteaban entre el humo como cocuyos excitados por el olor de los leños que se quemaban en la caldera.

Mis recuerdos de Manorá eran cada vez más intensos.

Sexta parte

I

Las inundaciones eran el vicio de Manorá.

En la estación de las lluvias, el río se hinchaba en su hondo cauce. Enloquecía de remolinos. Desbordaba sobre campos y valles. Podían subir las aguas un metro y más en una noche.

Sólo quedaba fuera de las aguas el islote de la loma alta, *Acä-roysä,* en el que está situado el cementerio. En noches de luna la cabeza fría de la loma brillaba como un jardín fantasmal velando desde lo alto el sueño de los vivos.

Las aguas arrastraban islas flotantes de camalotes, vacas muertas, ranchos descuajados de las barrancas. También sabandijas de toda especie. Víboras, zorros, lobos-pé, hasta algún tigre a veces, venían embarcados en los islotes de ninfeas. Había que andar con la escopeta al hombro. Mi padre mató un onza que quedó agarrado al portón. Permaneció allí pudriéndose lentamente hasta la bajante del verano.

El portón estaba harto de sostener en sus lanzas la carroña de la fiera. Era parco para hablar de sus dificultades, pero se le notaba el fastidio que le producía el abuso del onza muerto.

—¡Fuerza, portoncito color de esperanza! —le decía para animarlo—. No hay mal que dure cien años...

—Dile a tu padre que venga a sacarme de encima este incordio que apesta a culo de vieja.

II

Las canoas y los cachiveos labrados en troncos de cedro o de tatarë tenían forma de cajas mortuorias. Cuando no se utilizaban para escapar de las crecidas y rescatar a los ahogados, se usaban como ataúdes para el último servicio.

Los velorios de los ahogados se hacían en pontones flotantes amarrados a los horcones de los corredores.

En cada casa había una o varias cajas recostadas en los rincones. Hacían ahí provisoriamente de alacenas para el queso y las longanizas.

Junto a las canoas se hallaban los remos y botadores, las cuerdas de salvamento, los candelabros de arcilla con sus velas de sebo para los velorios.

Hasta los viejos bogaban en sus cachiveos.

Yo tenía mi canoíta de dos remos. Papá y mamá, una canoa grande de dos plazas, que era su cama de matrimonio.

Mi padre fabricó un ingenioso sistema de poleas y cuerdas que izaba la cama-canoa hasta el techo durante las inundaciones.

A mí me gustaba dormir en mi canoíta flotando en el cuarto. Soñaba a veces que iba remando a contracorriente del río hasta sus nacientes en el lago Ypoá, donde crecen las victorias regias y las flores de trigridia, grandes, rojas, tumefactas como cabezas de decapitados. El lago inmenso como mar donde vive el monstruo, mitad pez, mitad león, a mil metros de profundidad. El monstruo que nunca nadie había podido ver.

De allí también, a cada invierno, venía la gran víbora de las lluvias que traía las inundaciones. Era un viborón inmenso que volaba entre los rayos y los relámpagos y sus mugidos eran más fuertes que los truenos de las tormentas.

III

En el sueño, esa distancia poblada de fieras, serpientes y saurios de los más bravos, es una mierdita. Pero en la realidad, eso está muy lejos, lejísimos. El lugar de donde no se puede volver.

El sitio de la ilusión donde sólo es posible desaparecer.

Yo soñaba sin embargo, cuando tuviera la edad de los jóvenes héroes, en salir a luchar contra esos dos monstruos y liberar a Iturbe de sus terribles enemigos.

Por las mañanas, papá y mamá bajaban por una escalerilla y se metían a trajinar por los cuartos y la cocina, con el agua hasta la cintura.

Yo salía a recoger los gallos, pollos y gallinas que se habían salvado en los palos altos del corral. Me seguían alegres la pata y su cría. Los patitos semejaban pimpollos amarillos con patitas doradas entre las flores albas y azules de las ninfeáceas.

Hasta las desgracias tienen sus primores.

IV

Todo manoreño se sentía un animal anfibio. Cada uno llevaba apretada en la mano la ilusión de ser alguna vez gente de tierra solamente.

En los velorios se veía a los muertos con un poco de tierra guardada en los puños, duros como pedruscos. Querían llevar esa ilusión hasta los entresuelos del camposanto.

Mientras viví en Manorá, la idea de la muerte estuvo ligada para mí a las inundaciones. Las canoas-ataúdes esperando en un rincón para llevarnos hasta la orilla de donde no se vuelve.

Esos muertos transportados en canoa hasta la loma del cementerio, era algo que divertía mi mente de niño y borraba el temor a la muerte.

Lo mismo ocurría cuando íbamos a pescar los cadáveres de los troperos de ganado que se caían, borrachos, de la balsa de Solano Rojas, y se ahogaban en el paso del río donde la correntada es muy fuerte y donde los remansos son muy profundos.

Las veces que podía escapar, yo iba a escondidas.

Sudores, clamores y castigos me costaba esa pesca de troperos enredados entre las plantas acuáticas, en el fondo del canal, hinchados y resbaladizos como peces gordos.

Había dos grupos rivales: el capitaneado por Leandro Santos, que era el más fuerte, y el de los mellizos Goiburú, malvados hasta las uñas de los pies.

La guerra de pandillas estuvo a punto de costarme la vida. Los mellizos Goiburú intentaron ahogarme en lo más hondo del río.

Nunca vi un odio igual en muchachos que no contaban más de doce años. Cuando estos pelafustanes sean grandes no podrán ser menos que asesinos, pensé.

Por desgracia, el pronóstico se ha cumplido.

V

Para engañar a mis padres yo traía la canoa llena de orquídeas silvestres recogidas en los riachos y las regalaba a mi madre como recuerdo de mis excursiones náuticas.

No siempre el recurso era eficaz y el castigo venía igual, debido a las moneditas que nos daba el pasero. Mi padre las encontraba infaliblemente en el bolsillo de mi pantalón. Los cinturonazos hacían volar las monedas y me dejaban ardiendo el trasero.

—¡El gran buceador dedicado a la industria del cadáver! —vociferaba mi padre redoblando los golpes.

VI

Muchas jóvenes y hasta las ancianas de entonces se llamaban Ninfas o Nenúfares.

Se parecían a las plantas.

Yo tenía una prometida de mi misma edad, que se llamaba Nenúfar. La llevaron las aguas.

El cura Orrego dijo que era un pecado de gentiles poner nombres de plantas a las recién nacidas en lugar de los nombres del santoral. Por eso Dios las castiga y la creciente las lleva en sus tolondrones, que a saber adónde van a parar.

Terminó la moda de los nombres acuáticos. Entonces comenzó la moda de los nombres del santoral, que se imponían a los niños de ambos sexos en la pila del bautismo.

Los manoreños empezaron a llamarse como los santos mártires, como los emperadores romanos y las Santas Vírgenes, como los Santos Apóstoles, y la caterva de san-biquichos del almanaque Bristol.

Cada uno cargaba de por vida el nombre del santo del día de su nacimiento.

Algunos había muy pesados y molestos de oír.

VII

Toda mi vida odié el nombre que me pusieron.

Decidí no tener ningún nombre. Me hubiera gustado llamarme Juan Evangelista.

Escribir como él, algún día, el libro de la Revelación, llamado también el Apocalipsis.

Yo lo leía una y otra vez, sin cansarme, porque era como ver el pasado convertido en futuro.

VIII

Quería escribir la historia más hermosa del mundo. No la historia del fin del mundo, sino la última historia escrita por un sobreviviente, que ya nadie podría leer ni contar.

Escribir esa historia fue mi obsesión durante mucho tiempo.

Le decía a mi madre en voz baja, para que padre no nos oyera: «No quisiera morirme sin haber escrito esa historia de fin de mundo...»

Mi madre me alentaba: «La escribirás, hijo. Todos, de alguna manera, soñamos con esa historia última que nadie podrá leer...»

IX

A los treinta años escribí *La Caspa,* en la cárcel.

Un hombre desnudo, ciego, calvo, camina entre grandes fumarolas que brotan de la tierra calcinada.

Grita de tanto en tanto, llamando a alguien. Nadie le responde. No hay ecos. No queda nadie más que él.

Al principio una joven de extraña hermosura camina a su lado.

Luego desaparece.

X

Los huesos de la mujer jalonan la tierra humeante, como roídos por fieras, que ya no existen. Se puede suponer que el hombre último la ha devorado por celos, cuando ya esos celos no podían ser sino la locura final del hombre solo.

¿La ha devorado para preservarla dentro de sí?

La teoría de los celos no explica todo. No explica nada.

Lo único que conserva de ella es una larga cabellera rubia, que lleva anudada al antebrazo izquierdo.

De tanto en tanto, hunde el rostro en la mata de pelo dorado y undoso, aspirando el olor de su propia desesperación.

El hombre solo no se ha acostumbrado aún a su soledad.

El hombre último trata de despegar con las uñas una costrita de la base del cráneo.

Cree que en esa minúscula caspa seborreica se han refugiado el lenguaje, el tiempo, el sexo, los más leves signos vivientes de una realidad que se ha esfumado por completo, que parece no haber existido nunca.

Extirpa por fin la pequeña costra. Un golpe de viento se la arranca de las uñas ensangrentadas.

El hombre se desmorona en un montículo de ceniza fósil.

XI

Inventé una escritura críptica, acaso un nuevo idioma, para burlar el escrutinio diario que los carceleros hacían de los papeles, efectos y hasta de los trozos de diarios viejos que usábamos en el excusado los reclusos de máxima peligrosidad hacinados en la celda Valle-í.

Yo podía escribir a condición de que cada día leyera lo escrito a los guardianes de turno. Leía para su esparcimiento los pasajes pornográficos más groseros, que esas mentes rudimentarias celebraban con alegría bestial, puesto que estaban escritos para su gusto y regocijo. Era la pequeña revancha que yo me tomaba sobre la realidad del poder a través de la irrealidad de la escritura.

Los guardianes de la policía política disfrutaban con aquellas «tertulias literarias».

Eran los muchachos de oro de la Técnica.

XII

Al final es cuando acontece la gran revelación.

La taché cuidadosamente. En el papel. En mi mente. La olvidé. El olvido puede también olvidar que olvida. Las torturas no pudieron arrancarme ese secreto. Simplemente yo no lo sabía.

XIII

Una novela muda. Ni nombres, ni pronombres, ni verbos, ni adjetivos, ni preposiciones, ni conjunciones adversativas ni copulativas, ni recursos de exposición, nudo y desenlace.

La narración central se va desenvolviendo sobre el escenario irreal de un tren liliputiense, que hace de hilo conductor. La narración, saturada, constelada, de historias paralelas, se bifurca y prolifera al infinito. El último círculo se cierra, desaparece, muere, en el claustro matricial.

Escritura seca, rápida, vertiginosa. Engañosa transparencia. Abstracta, inmaterial.

Crea una atmósfera de total opacidad semejante a la noche.

Detrás del vidrio, en la tiniebla, pululan ectoplasmas de vagas y monstruosas figuras humanas. Luego todo se esfuma y desaparece, sin dejar rastros.

Le puse como título el nombre de la costrita seborreica, a cuya naturaleza ha quedado reducida la condición del hombre último.

En esa narración lacónica, escueta, catártica, el tema central es el olvido. El tren de 1850 no es más que un detalle de la decoración inexistente. En ese vacío en penumbra me parecía recordarlo todo. No con palabras sino con imágenes de bordes tornasolados. Fragmentos de un espejo roto, expuestos a los rayos de un rabioso sol.

Pisaba sobre ellos con mis gruesos zapatones de recluso. Los oía crujir y quebrarse en esquirlas cada vez más finas y filosas que se retorcían como los nervios bajo las descargas de la picana en los testículos.

Ahora que voy huyendo en este tren liliputiense, idéntico al otro —o tal vez el mismo—, se me hace que estoy repitiendo esa historia o escribiéndola por primera vez.

Por muchas vueltas que se les dé a las palabras, siempre se escribe la misma historia.

XIV

Ese texto trató de convertir el olvido en delirio. Pretendió la anulación de todo lo que había escrito, de modo que no quedara ningún vestigio de obra alguna escrita por mí.

El intento fracasó en parte. Las huellas bicéfalas no se plasmaron. Acaso por falta de sinceridad llevada a su último límite. O porque faltó que cayera sobre ellas el rocío de sangre del sol del mediodía.

O tal vez cayeron pero no se quisieron mezclar con la mía, aguada por el sereno de la noche.

Estoy tratando de repetir la prueba. Estas anotaciones desparecerán conmigo muy pronto.

Por mucho que dure, la huida no puede ser interminable.

La lentitud del tren que jadea sobre los herrumbrosos y desiguales rieles con su fatiga de un siglo, no hace sino acelerar el fin.

El mito de la infancia perdida, perverso, astuto, falaz, me tiene prisionero. No puedo huir de él. Soy su rehén. Me entregará atado de pies y manos a mis perseguidores.

XV

Sólo quiero preservar los ensueños que me desvelaron, desde mis siete a mis trece años, en aquella misteriosa aldea de Manorá, fundada por el maestro Gaspar Cristaldo en el corazón del pueblo de Iturbe.

Recordarlos, escribir sobre ellos ahora, es como masticar pesares, semejante al lento rumiar de los bueyes bajo el yugo de las carretas que van repletas de inmensos fardos de caña de azúcar rumbo al ingenio.

Séptima parte

I

Cuando se iban las crecidas, Manorá quedaba convertido en un fangal pestilente.

Hay que imaginar un pueblo de barro rojo en las lomas, de barro negro en los fangales, sembrados de animales muertos, de ranchos y árboles descuajados, que los raudales arrastraban en todas direcciones.

En cada creciente muchos niños desaparecían. Los padres los iban buscando con llantitos sin esperanza en los canales donde las riadas habían sido más fuertes.

II

En las crecientes nos quedábamos sin tren. Y sin el paso del tren el pueblo quedaba a su vez como ahogado y muerto, sin memoria del tiempo que pasaba.

No sabíamos qué día era, ni qué hora, ni qué año, ni qué siglo.

Los muchachos del pueblo sentíamos rabia contra el tren cuando no venía.

No podíamos colgarnos de los parachoques cuando repechaba despacio la arribada hacia la estación.

Una vez el tren pasó con la línea de flotación bajo agua. La caldera se ahogó. La locomotora no pudo frenar. El tren retrocedió en la pendiente y arrolló a cuatro de nuestros compañeros.

El tren era nuestro único juguete.

III

Una de estas crecidas trajo al maestro Cristaldo. Nadie se acordaba cómo ni cuándo.

Lo cierto es que él apareció en su canoa y ya no se fue del pueblo en los días de su vida.

En pocos meses construyó él solo, sin ayuda de nadie, su cabaña lacustre en medio de la laguna muerta de Piky.

Y allí se quedó, en medio de los olores nauseabundos del agua podrida.

IV

Al principio, el hombrecito, cuya inopinada aparición nadie sabía explicar, produjo cierta confusión en mis padres y en mí mismo.

Fue en realidad una conmoción surgi-
da de lo inexplicable.

El recién llegado era extraordinaria-
mente parecido al viejecito que vivía con nosotros ocupándose de tareas menores. La primera vez que mi madre lo vio, exclamó: «¡Es
idéntico a *karaí* Gaspar!...»

De todos modos, la primera impresión
era la de que el recién llegado había *salido* de
nuestro *karaí* Gaspar. Transmigrado o reen-
carnado, como se decía entonces.

V

El viejo *karaí* Gaspar era un resto vivo
de la ruina familiar en la ciudad. Con su corazón simple y su mente algo extraviada, se hallaba apegado como una lapa a nuestra casa,
a nuestra familia, a nuestro destino.

La confusión aumentó cuando se supo
el nombre del *arribeño:* Gaspar Cristaldo.

Nuestro viejecito se llamaba Gaspar Gavilán.

Era un poco más alto que el recién llegado, pese a la joroba que combaba su espalda. Nuestro *karaí* Gaspar llevaba poblada y
blanca barba.

El otro sólo tenía unos pocos y larguí-
simos pelos mongoles de indefinible color en

la barbilla, que le caían lacios y brillantes hasta el pecho.

Todo lo que había de lentitud y pasividad en nuestro Gaspar, era prontitud y energía en el otro, que no cesaba de estar en movimiento.

VI

El viejecito ayudaba a ordeñar las vacas. Era algo increíble ver esas manos, endurecidas por la artritis, apretar las gordas tetas y arrojar al balde chorros de espumosa leche.

Después del ordeñe las llevaba a apacentar en las lomas altas de buen pasto.

Yo lo veía en los corrales moviéndose a la altura de las ubres. Lo veía como un ser irreal, un reflejo de sol entre las bostas y los charcos de orín de los animales.

Papá y mamá lo respetaban como lo que él era. Lo ponían como ejemplo de hombre bondadoso, callado y servicial.

Su debilidad mental era su fuerza.

Tenía algunas manías. Su temor a la luna era un pavor enfermizo.

Decía que el fuego lunar le iba a dejar sin piel. En noches de luna llena salía cubierto por una inmensa sombrilla negra que él mismo se había fabricado con bolsas para el azúcar, engomadas y teñidas en alquitrán.

VII

Los jueves por la tarde mi madre le daba una lista de las provisiones que necesitaba. *Karaí* Gaspar volvía con su carretilla, cuando no había agua, o con su canoa en las crecientes, llenas hasta el tope de provisiones de todo género.

—¡Por qué trajo tantas cosas, *karaí* Gaspar! —decía con susto mi madre—. Yo le di una lista. No vamos a poder pagar todo eso con los vales del sueldo.

La aflicción de mamá le hizo saltar lágrimas. Abrazó al viejecito olvidadizo.

—El papel se me voló —se disculpó mansamente el mandadero—. Después lo encontré en el yuyal. Alguien lo usó en el común, en lugar del marlo de maíz. No podía mostrar la lista sucia de caca en el almacén de don Michironi. Traje todo lo que hace falta.

Mostró un par de alpargatas nuevas. «Esto me hacía falta a mí —dijo—. La otra ya estaba muy pelecha.»

Llevaba puesta una del flamante par. La lucía con coqueto, con senil orgullo. *Karaí* Gaspar nunca usaba las dos alpargatas juntas.

Gastaba primero una, hasta que no quedaba de ella sino hilachas. Luego, la otra.

—Así duran más —decía—. Vokoike el pie descalzo ve mejor el camino. Conoce las huellas de memoria. Así uno no se desatina.

VIII

Los dos Gaspares, aunque dispares, se parecían mucho. Iguales. Uno en cada extremo de las diferencias posibles. Físicamente, podrían pasar casi como sosias, excepto por la barba y la joroba del uno, por la larga cabellera y la erguida braza y media de estatura del otro, coronado por su perpetuo sombrero de paño negro.

Y esto no todo el mundo lo percibía como un hecho simple. Tal era la distancia que había entre uno y otro, que a muy pocos se les antojaba compararlos.

Los dos eran parcos. Pero decían casi las mismas pocas palabras para expresar multitud de cosas.

Nuestro *karaí* Gaspar era menguado de molleras. El Gaspar Cristaldo, llegado de lejos, era en su pequeñez, una fuerza en movimiento, una mente que abarcaba dimensiones desconocidas.

IX

Yo estaba seguro de que Gaspar Cristaldo era sólo una emanación de nuestro silencioso pero sonriente *karaí* Gaspar Gavilán.

En todo caso, la presencia del recién llegado, las cosas increíbles que hizo después, para asombro del pueblo, lo que él mismo era como persona, no se podían explicar sino como el estado superior de un ser otro que era su antítesis y a la vez su gemelo.

Una transmigración en presente, algo como una sublimación del viejecito ex foguista, salvado de un naufragio en alta mar y de otro naufragio familiar, en el ser incandescente y oscuro del recién llegado.

Revestido por el aura de su mansa locura, los ojillos de *karaí* Gaspar velados por la telita azulada de las cataratas hacían pensar en visiones extrañas y benéficas.

Las mismas que Gaspar Cristaldo ejecutaba en la realidad cotidiana.

Había un nexo misterioso entre lo que el uno soñaba en las brumas de su mente y lo que el otro hacía como por arte de magia, pero de una magia desconocida en este mundo.

Cuando los dos Gaspares se conocieron, se reconocieron de inmediato. Se veían poco.

No cambiaban palabra. Pero se podía decir que estaban en permanente comunicación.

X

Durante las crecientes el gran puente quedaba bajo agua. Si la locomotora se arrejaba a pasar, el agua brava le llegaba a la cintura. Se le apagaban los fuegos y la caldera se enfriaba en un largo silbido.

Una vez el tren descarriló y se hundió en el río.

Se debió esperar la bajante para sacarlo del remanso.

Con las grúas de la fábrica izaron la pequeña locomotora. Después los vagones cargados de ahogados. Estaban sentados muy quietos y duros en los asientos, hinchados de agua, al doble de su tamaño, las caras medio comidas por las pirañas.

Durante un mes un centenar de hombres con carros, bueyes, alzaprimas y aparejos trabajaron para volver a poner el tren sobre las vías y retirar los ahogados. El trabajo avanzaba lentamente. La mayor parte del tiempo, todos se pasaban chupando la bombilla del tereré y cargando las guampas con el agua barrosa del río.

En el reflotamiento del tren se vio de nuevo al hombrecito en acción. Diminuto, ágil, ubicuo, estaba en todas partes, dando una mano o una orden siempre oportuna y exacta. Superaba en rendimiento la capacidad de dos hombres fornidos.

Era el único que no perdía tiempo sorbiendo el interminable, el infinito tereré que estaba transformando el color de la raza en la verde desidia de la yerbamate.

XI

Hubo un centenar de velorios en todo el pueblo. Las lloronas y los pasioneros del Vía Crucis de Borja y Maciel se lamentaron a grito pelado sin parar día y noche durante tres días.

Toda la población clamaba entre lloros y gemidos sus trisagios y jaculatorias de difuntos mientras llevábamos remando a los muertos en sus ataúdes de canoas y cachiveos hasta el cementerio, en medio de grandes fogatas.

Con el calor hervido de humedad, los entierros se hacían de noche. Cargábamos mucha paja seca sobre los islotes de camalotes y le prendíamos fuego, como hacen los carpincheros la noche de San Juan.

Era un espectáculo más imponente que las fogatas de los carpincheros en el río. Estos fuegos se movían con el viento sobre las aguas torrentosas.

La noche de los fuegos flotantes en todo su esplendor.

XII

La visión de las vías destartaladas me lleva a otra imagen que no la podré sacar jamás de mis ojos, de mi alma.

Se hace un total silencio a mi alrededor. Sólo escucho el lento chirriar de las ruedas avanzando desde Iturbe a Villarrica.

No son las ruedas de este tren. Son las de una zorra de cuadrilleros. Mi padre va moviendo las palancas de impulsión, ayudado por un compañero de trabajo. Sobre el plan de la zorra va mi madre yacente, arropada en cobijas, con el rostro lívido, herida de muerte. La protege apenas del ardiente sol una vieja y rotosa sombrilla amarrada a uno de los soportes del gobernalle.

XIII

Mi madre se hallaba gravemente enferma de sobreparto de mi segunda hermana, que nació muerta.

La hemorragia incontenible, la fiebre puerperal hacían estragos en la enferma. Había que llevarla de inmediato al gran médico y patriarca de Villarrica, el doctor Domínguez.

El tren estaba hundido en el puente y no sería reflotado hasta mucho después.

Mi padre fue a ver al patrón y le pidió que mi madre fuese llevada a Villarrica en uno de los camiones de la azucarera.

—Pero, don Lucas, ¿cómo se atreve a pedirme esto? Usted sabe que es algo imposible. No hay caminos camionables hasta Villarrica. El camión no llegará. Se perderá en el camino. Eso cuesta un platal.

El rostro de mi padre se fue poniendo lívido. La sonrisa bonachona del patrón se endureció un poco.

Los ojos celestes y bonachones de Jordi Bonafé se veían apenas como dos rajitas luminosas, cavilando sobre alguna solución viable.

—A menos que se anime usted a llevar a su mujer en la zorra de los cuadrilleros del ferrocarril... —dijo al cabo la voz tajante y glotal de los catalanes, atusándose los bigotazos rubios con los dedos untados de saliva.

XIV

Mi padre pidió a su compañero de trabajo, Pachico Franco, un joven lleno de fuerza y de bondad, que le ayudara a mover la manivela de la zorra.

Pachico era su mejor amigo. Sentía por mis padres la devoción de un verdadero afecto.

Completamente empapados de sudor los dos hombres, mi padre además por las lágrimas de su llanto inconsolable, movieron las palancas de impulsión de la zorra a lo largo de las siete leguas del trayecto, en siete mortales horas.

Yo iba junto a mi madre dándole de beber y haciéndole viento con un abanico de palma.

—¡Hazme nacer, Dios mío!... Para que no les falte a ellos... —le oí murmurar más de una vez.

Antes de nacer, yo había danzado en su vientre. Ahora ella pedía nacer y yo no la podía albergar en mis entrañas infantiles.

XV

Supe en aquel momento que esa mujer agonizante era un ser absoluto.

El flujo de sangre que la iba vaciando de vida, empapando las cobijas, la lenta marcha de la zorra, la fugacidad del universo que caía sobre nosotros con el peso llameante del sol, el llanto de padre, que mugía como un buey degollado, hacían flotar a madre fuera del mundo.

Me incliné sobre ella. Le di un largo beso sobre la mojada frente.

Había un oráculo en aquel beso:

—Madre, tú no morirás... No te puedes morir... Dios y tú sois la misma persona... Dios no puede morir... Tampoco tú... ¿Me oyes?

¡Tampoco tú!...

XVI

Observaba a mi padre y veía que el sufrimiento moral, la humillación y la impotencia también le estaban matando. No cejaba sin embargo en su esfuerzo sobrehumano de hacer avanzar el móvil con el vaivén de la palanca.

—Los pobres, don Lucas, no tenemos derecho a enfermarnos... —había dicho el patrón cuando mi padre se volvió para irse, crispado, cárdeno el rostro, henchido todo él en un sollozo gigantesco que se negaba a estallar.

Aún veo las manos como garfios de mi padre a punto de dispararse y cerrarse sobre el cuello del patrón.

Iba a estrangular esa sonrisa benévola que encerraba tan despiadada indiferencia.

—¡No... papá!... —grité en lo hondo de mí.

XVII

Pachico cayó desvanecido de fatiga sobre el piso de la zorra. Padre siguió moviendo la palanca sin variar de ritmo isócrono de la palanca con la precisión de un metrónomo.

Ese hombre que se combaba allí en el movimiento de vaivén, los ojos secos, fijos en su compañera, ya no era un ser humano.

Era un espectro con el poder sin límites de la desesperación.

XVIII

El atardecer se hizo noche de repente. En el lugar ocupado por el rostro de mi madre, se alzaba ahora una sombra lunar.

Tomé y apreté fuertemente la mano casi helada. La apreté con tanta fuerza, que en los labios exangües de mamá se insinuó un rictus de dolor pero, a la vez, de alivio del sufrimiento más grande que la consumía.

XIX

Llegamos a Villarrica a medianoche.

En un inesperado gesto de desagravio, el patrón había ordenado por telégrafo a una cochera de alquiler de la ciudad que pusiera a disposición de mi padre un landó por el tiempo que lo necesitara.

En el landó, que nos esperaba a la salida de la estación, nos fuimos directamente a casa del doctor Enrique Domínguez. La ciencia, la humanidad, el fervor de su profesión, salvaron a mi madre. Y por qué no decirlo, salvaron también la vida de mi padre.

XX

Cuando uno se pone a pensar en estos recuerdos, ellos se ponen reflexivos y lo piensan a uno.

Porque... ¿debo decirlo aquí?... ¿Cómo se puede contar lo ocurrido hace tanto tiempo? ¿Cómo se puede contar lo que acaba de suceder?

La memoria del presente es la más embaucadora.

El relato no hace más que relatarse a sí mismo.

Lo importante no son las palabras del relato sino el hecho que no está en las palabras y que precisamente rechaza las palabras.

Debería contarse un relato como en la tradición oral. Alguien cuenta algo mientras otro va escribiendo lo que la memoria soñadora oye por debajo de las palabras.

Mejor aún contar hacia atrás. Hacerlo poco a poco pero de inmediato. Algo como la luz de un relámpago, de flujo lento y fijo. El fulgor detenido en la oscuridad anula las edades. Lo convierte a uno en el contemporáneo de los hechos, de los personajes más antiguos o aún no llegados.

XXI

Ser el más infame de los personajes, pero también el más noble de los que pululan en las historias fingidas. Ser al mismo tiempo hombre, mujer, andrógino. El sexo total vuelto del revés. La infinidad de seres, de géneros, en que puede desdoblarse el ser humano.

Si cuento hacia atrás, me convierto en mi antecesor. No soy más que mi abuelo de siete años. Un abuelo pequeño en los recuerdos. Hablador en lo callado. Así siempre, hacia atrás, hacia atrás.

La interminable sucesión de abuelos de siete años, de seis años, de cinco años, cada vez más pequeños, hasta que el último desaparece en el útero.

El embrión humano se encoge. Se hace una bola. Flota en la placenta. Es su plenilunio. Tiene cara de viejo plenilunar. Llena de arrugas, de lunares parecidos a manchas de azufre. Puedo ver los pelos de las pestañas, los puntos de la barba en la cara arrugada.

La nariz sin formarse todavía en la cara chata, aparece aplastada entre las rodillas.

Las fosetas nasales aletean como pequeñas branquias de un pez que quiere escapar de la pecera del amnios.

Si muere, las pupilas se dilatan y fulguran sombríamente. Si nace... ¡Ah si nace! Todo cambia.

Si la vida no se retira de ese cuerpecillo nonato ya valetudinario, el feto vivo imaginará mientras viva que no ha nacido.

Deberá nacer y desnacer cada día. A fuerza de morir tantas veces, el que pasa a través de esas resurrecciones, se vuelve un poco inmortal.

Eso sentí cuando acompañaba a mi madre en la zorra.

Después ocurrió lo mismo con el maestro Cristaldo.

XXII

—Nadie ha vivido más tiempo que un niño que nace muerto... —dijo aquella noche el maestro Cristaldo en el velorio de un angelito nonato.

Él nacía cada día al amanecer. Y desnacía a la caída de la noche. Como los capullos de seda negra de las victorias regias que él trajo a sembrar en la laguna. Al ocultarse el sol, las flores se hundían a dormir bajo agua. Al amanecer, los pimpollos reflotaban y se erguían negros y luminosos hacia la luz del sol.

Nacer y vivir. No vivimos otra vida que la que nos mata. Era el gran secreto del maestro Cristaldo.

Yo lo descubrí a medias cuando empecé a escuchar los diálogos con su madre muerta aquella mañana en que crucé a nado la laguna y entré en su rancho a espiar el misterio del hombrecito.

La obsesión de lo extraño me dejó a oscuras sobre la verdad del maestro Cristaldo.

Octava parte

I

Fue ese mismo año de la llegada del maestro Gaspar Cristaldo a Iturbe.

Manorá todavía no había sido fundada. De eso me acuerdo bien.

Los muchachos del río cazamos una curiyú enrollada en un cañadón.

Tramamos un golpe contra el tren por no haber venido durante tres meses. Decidimos castigar al tren y al viborón por sus respectivas fechorías.

Fue Leandro Santos, nuestro capitán, el que encontró la boa y planeó la venganza. La víbora se habría comido un cabrito y dormía su digestión como un rollo de piedra con la panza hinchada a reventar.

Leandro trajo un matungo y un lazo. Lo atamos a la hinchada garganta de la víbora y la arrastramos hasta el corte de Piky.

La víbora era enorme como una vaca larga apelotonada en un rollo.

II

Al comienzo mismo de la curva que rodea la laguna, hay una quebrada y una pendiente como de diez metros de desnivel. El tren baja por ella a toda velocidad.

El maquinista no puede ver lo que hay detrás de la curva del corte porque es muy cerrada y hay un monte muy tupido.

III

Los indios de la tribu acomodamos la curiyú con fina voluntad. La desenrollamos y la colocamos atravesada sobre los rieles.

El viborón levantaba apenas los párpados pero no podía despertar del sueño que llevaba adentro, más grande y pesado que él.

Nosotros lo mirábamos alegres pero con susto, ante lo real del viborón y lo fantástico del suceso que iba a suceder.

Leandro sacó su organillo y empezó a tocar con aire marcial *Campamento Cerro-León,* como antes de una batalla.

Nos escondimos en el monte a esperar el paso del tren. Tardó mucho en llegar desde Maciel. Tardó como un millón de años. Al fin lo escuchamos venir *choc... choc... choc...*

Lo vimos despeñarse en la bajada.

Nos aplastamos contra la tierra, entre los matorrales, y vimos lo que no se puede ver sino en los sueños más terribles.

IV

El tren arrolló al viborón. Pero en seguida el viborón se tomó la revancha. Su cuerpo, hinchado al doble de su tamaño, se dobló y cimbró en dos mitades sobre el tren, abrazándolo y comprimiéndolo entre sus anillos.

Por una de las ventanillas del vagón de pasajeros metió la cabeza y por la opuesta la cola lanzando chorros de sangre sobre los pasajeros enloquecidos.

El pequeño tren comprimido por la boa sólo se detuvo a los cien metros, al descarrilar en la curva, reventando por todas partes.

La locomotora quedo incrustada en el puente.

V

El ojo telescópico de Leandro Santos, su mirada viva y fulgurante, vio saltar por los aires a la cabrilla que se había tragado la víbora.

Nos fue relatando la escena. Contó que el animalito cayó sobre la cabeza de una mujer. Rebotó y disparó despavorido por el campo, lanzando lastimeros balidos.

El oído de Leandro era tan perfecto como su vista.

La voz sonora y carnosa cantó:

—¡Vean un poco lo'mitá! ¡Ahora está saltando la segunda cabrilla!

El ojo de Leandro se reubicaba sobre una visión cada vez más nítida y precisa de todo lo que estaba ocurriendo en el campo, en sus menores detalles.

—¡Va la tercera cabrilla! —gritó.

Leandro contó hasta siete.

Contó que el zaragutear de las cabrillas entre los despojos del naufragio no era de susto sino de libertad y alegría.

La víbora y el tren habían sido suficientemente castigados.

—¡Ya está! —dijo Leandro Santos—. La curiyú muerta parió las Siete Cabrillas...

VI

Cubiertas de sangre, estaban ahora allí retozando sobre los pastizales junto a la laguna muerta de Piky, como en una danza viva del Pesebre de Navidad.

Las Siete Cabrillas ataviadas con el rojo manto de Poncio Pilatos.

—Un poco atarantados nomás andan los siete animalitos... —dijo Leandro.

Yo veía borrosa una sola cabrilla que escapaba rengueando hacia el monte. ¿Y las otras seis?

¿No estaba exagerando un poco Leandro?

No; él contaba la escena tal como la estaba observando en todos sus detalles. Las caras de la gente aterrorizada, los cuerpos, las ropas, los gritos, rotos y ensangrentados.

El mejor nadador de Manorá tenía la vista más aguda que el lince más *tesá-pysó* de la tierra.

VII

Leandro veía todo. Únicamente no vio al hombre que venía para matarlo por orden del jefe político liberal Fidel Enríquez.

Susana Fontana, de diecisiete años de edad, concubina del jefe, seguía enamorada hasta la médula de su alma del muchacho de dos metros de altura, hermoso como el centurión romano que lanceó a Cristo.

Leandro Longino Santos. Así se llamaba.

VIII

Leandro, despreocupado y feliz venía a su trabajo de guinchero en la fábrica aquella madrugada, haciendo crujir la escarcha con sus largas zancadas y braceando en la niebla como en medio de la correntada del río.

De vez en cuando sacaba la armónica del bolsillo de la blusa y tocaba los aires de *Floripa-mí,* la polca predilecta de Susana.

El sargento de policía, vestido de civil, lo esperaba escondido detrás de un árbol.

—¡Guarda, Leandro!... —le gritó el asesino al dispararle a quemarropa por la espalda.

Leandro, ya herido de muerte, giró hacia el agresor y clamó el nombre del jefe, para echarle en cara su crimen ante los obreros que iban pasando.

—*Kuñá ajeno ko la nde yukaba!...* —gritó el asesino y desapareció en la niebla después de dispararle otro tiro en el pecho.

No era el jefe político Fidel Enríquez el que lo había mandado matar a Leandro. La mujer ajena era la que había hecho morir al gigantesco muchacho, ansiosa de sus besos, de su presencia prohibida.

El nombre, el recuerdo de Susana Fontana quedaron fundidos a la muerte de Leandro

Longino Santos, ya que en vida sus cuerpos, su amor, no pudieron fundirse.

IX

Se reunieron los compañeros. Llevaron el cuerpo de Leandro Santos a la fábrica. Con el permiso del capataz allí lo velaron esa noche. Todo el pueblo desfiló ante el cadáver del adolescente al que una mujer ajena había asesinado.

X

Mientras tocaba su armónica frente al naufragio del tren, yo contemplaba a Leandro. Estaba allí como un borbollón de vida. Nunca lo íbamos a imaginar muerto.

De momento no podía separarme de la visión de las Siete Cabrillas que andaban retozando a su gusto por los campos de Piky según Leandro nos iba contando.

Ya para entonces, en un delirio de gritos y lamentaciones, los pasajeros se habían lanzado desde los vagones. Algunos salieron disparando a campo traviesa. Muchos se lanzaron de cabeza a la laguna.

En medio del campo las mujeres se hincaron de rodillas y clamaban al cielo en demanda de auxilio al Dios Santo y Mortal, al Dios de los Ejércitos, al Dios de los desamparados y moribundos.

La gente del pueblo llegó a todo correr. Se aglomeró en torno a los destrozos. Era un tole tole infernal.

Todos estaban fuera del tiempo rodeando el presente de lo que estaba pasando.

XI

Vino el cura Orrego con sobrepelliz y estola, acompañado por los hermanos de las cofradías, por el sacristán y el monaguillo, haciendo sonar la campanilla.

Empezaron a incensar y asperjar agua bendita por todas partes.

Al ver al cura nos alegramos. Era el remate divino, no previsto, de nuestra aventura. Evidentemente no iba a haber castigos ni culpables terrestres.

En su homilía, el cura habló del castigo de Dios a los pecadores y gente de avería que viajaban en el tren. Un castigo por extensión al mismo tren, propiedad de un país protestante que no hace sino empobrecer al nuestro.

«La serpiente voladora del demonio ha atacado el tren por mandato divino. En nuestro país sólo una vez ha sucedido esto. Es preciso, hermanos míos, que saquemos lección de esta experiencia terrible para que no se vuelva a repetir por tercera vez...»

El cura Orrego sembró la semilla de una leyenda que había de perpetuarse.

XII

Leandro, mordiendo una pajita, malicioso, se alejó sin prisa hacia el gentío enloquecido.

Había visto removerse bultos sospechosos en la maciega.

Al irse dijo:

—Vamos a ver ahora, señores, lo que no se puede ver... —anunció con la voz gangosa y en falsete del gringo de la feria.

Sin los ojos y sin la voz de Leandro, la escena se hizo borrosa. La realidad se suspendió en una pesantez desfigurada, soplada por un viento carnal y retumbante.

XIII

No se veía ya sino una pululación de insectos en torno al destazamiento de la víbora. Más grande ahora que el tren. Un verdadero dragón.

Las cabelleras de las mujeres se erizaban electrizadas. Piojos duros y negros vibraban con reflejos metálicos sobre los cueros cabelludos de la multitud embadurnados de sangre seca.

XIV

Volvió Leandro, sombrero de nube retrepado a la coronilla. La misma pajita deshilachada entre los dientes.

—¿Qué viste? —preguntamos ansiosos.

Sacó otra vez la armónica del bolsillo y se puso a tocar su amada *Floripa-mí.*

Todos insistimos en coro qué era lo que había visto.

—Nada —dijo frotando la armónica sobre la manga de la blusa—. Algunas parejas están culeando en los yuyales —contó como la cosa más natural del mundo—. Culean sin sacarse la ropa, ni nada.

—¿Y cómo? —preguntó Telesforo; los ojos abiertos dejaban ver los sesos.

—Y... compañero, sacale el molde... Las mujeres se tumban de espaldas en los yuyales llenos de espinas —dijo Leandro mascando su pajita—. Los hombres las montan y empieza el yerokuá. Igualito que tu papá y tu mamá cuando les entran las ganas. Pero a éstos... ni las ganas... Seguro de miedo nomás...

Leandro se reía de nosotros con una risa esquinada y maliciosa.

Estábamos clavados sobre el pasto, queriendo entender las palabras experimentadas de Leandro. Él ya conocía mujer.

Nadie le iba a preguntar cómo él hacía el porenó con la Susana Fontana, la muchacha más hermosa del pueblo. Eso sí le hubiera enojado de veras y habría repartido a diestro y siniestro coscorrones y acapetés con sus manos grandes como palas de canoa.

XV

Me dolía todo el cuerpo por el esfuerzo de pensarme en otro lugar, lejos de allí. Por pensar también que no me había ido de Manorá; que seguía estando allá; que no iba viajando en este tren, el mismo de antes, el mismo de siempre, el tren cortuga que tenía la edad de las tortugas.

Un hombrecito oscuro, ágil, sin edad, iba de un lado a otro, ayudando a los que más lo necesitaban, tratando de calmar a la gente despavorida.

Novena parte

I

Al año siguiente ya tuvimos escuela nueva.

El hombrecito reunió más de cien voluntarios entre los muchachos mayores y construyó el aula.

Con la ayuda de vecinos y con las donaciones de comerciantes y estancieros, en los tres meses estuvo terminada.

Era el edificio más hermoso del pueblo.

La gente de Iturbe y de los pueblos vecinos acudía en procesión para admirarlo.

El *signore* Octavio Doria, descendiente de la noble familia genovesa del almirante Andrea Doria, convertido en modesto maestro de obras de la fábrica (era en realidad un excelente arquitecto), quedó sorprendido y admirado de la capacidad y sabiduría natural del maestro, demostradas en la construcción de ese edificio, impensable en la época, en el modesto pueblo.

¿De dónde había sacado el maestro Gaspar Cristaldo —comentaba Doria con sus amigos— esos detalles del genuino mudéjar y los arcos de medio punto en las amplias galerías que rodeaban el edificio?

El *signore* arquitecto Doria se remitía a la evidencia.

—¡Es un genio el *piccolo* tipejo éste! —le alababa con sincera admiración—. Un genio puede aparecer en cualquier parte. Y he aquí que a Iturbe le ha tocado en suerte uno de marca mayor. Un Leonardo de Vinci de medio metro. *Ma non* un medio metro de Leonardo... —se despepitaba en estruendosa risa el *cavaliere ufficiale*.

Vicisitudes de la fortuna y un pasado algo turbio, que nadie conocía bien, y sobre el cual sólo se tejían conjeturas cada vez más desvaídas, habían traído al *signore* Doria al Paraguay.

Los ojos negrísimos y el cuerpo de junco de una morena iturbeña le habían anclado definitivamente en el pueblo.

Y en verdad formaban una pareja soberbia.

Doria gozaba de general estimación por sus dotes de simpatía y hombría de bien. Su opinión elogiosa sobre la capacidad del maestro Cristaldo resultó decisiva para aquellos que no veían en el hombrecito sino un personaje disparatado y maniático.

—Claro —se chanceó uno—. De genio y de loco todos tenemos un poco.

—Vayan a verlo trabajar —decía el *cavaliere ufficiale* Octavio Doria—. Yo no he visto algo igual en ninguna parte.

II

Las autoridades le felicitaron. Incluso el cura Orrego que no veía con buenos ojos al extraño hombrecito, desde que él mismo había hecho correr la historia de que era un hombre que no había nacido.

Vinieron inspectores del ministerio de Culto e Instrucción Pública. Le trajeron en propias manos su designación como director de la escuela primaria. Algo que ocurría por primera vez en el Paraguay.

Un gran sello de lacre rojo y una cinta de raso del mismo color atestiguaban la jerarquía del nombramiento.

El inspector delegado se dobló por la mitad para imponerle la insignia de la Orden del Magisterio.

No parecía el maestro particularmente impresionado ni conmovido. Más bien se le veía incómodo y molesto. Había bajado al máximo sus antenas de comunicación. Su aspecto era casi lamentable.

El inspector, avisado por el cura, le preguntó por qué decía que no había nacido.

—Yo no soy más que un nonato adulto —contestó de mala gana el maestro Cristaldo.

—Pero ¿por qué nonato adulto? —inquirió con cierto enfado el inspector, que seguía doblado por la mitad, apretándose los lanzazos del lumbago.

—Porque, señor —replicó el maestro Cristaldo—, como todo el mundo yo nazco todos los días y al anochecer muero.

Era por lo menos una expresión un poco enigmática. El inspector quedó bastante humillado ante lo que consideraba un desplante del hombrecillo.

Los funcionarios se miraron con irritación y asombro. Nadie entendía nada. Pensaron que habían cometido un grave error al delegar tanta responsabilidad en un loco de pueblo.

Pronto íbamos a descubrir nosotros el verdadero sentido de las palabras del maestro.

III

Apenas se marcharon los funcionarios, el maestro se sacó la insignia y la guardó en el bolsillo trasero del pantalón. Despegó la oblea de lacre para utilizar el material en sus experimentos de taller con el concurso de los alumnos más adelantados.

Me tocó en suerte ser uno de ellos. Yo le vi fabricar, pieza a pieza, la paloma robot que redobló su fama hechiceril.

La paloma daba un vuelo en redondo por la plaza y venía a posarse, acezante de fatiga, sobre la mesa del maestro.

En estos experimentos él mismo parecía electrizado de energía psíquica, concentrado en la fuente oscura que moraba en él y que le manaba por todos los poros como una tenue radiación.

Pasaba la mano sobre el plumaje del ave mecánica, que al instante parecía calmarse metiendo la cabeza bajo el ala, como un poco avergonzada de su debilidad.

IV

Pequeño, oscuro, deforme, su figura era para nosotros, los escolares de aquel tiempo, la más hermosa, la más querida.

Dentro de su pequeñez, aquella sabiduría prodigiosamente antigua ponía en movimiento una fuerza incalculable. Con sólo mirarnos, sentíamos la vibración de esa energía en sus miradas como un hormigueo en los ojos, en la piel.

Planeaba sobre nosotros una especie de viento, de sonido inaudible que nos decía poco más o menos esto: hay un tiempo para aprender, un tiempo para ignorar y otro para saber; un tiempo para comprender y otro para recordar.

Se adelantaba siempre a nuestros pensamientos. Los entendía y los completaba sin palabras.

En poco tiempo aprendimos a leer, a escribir y a realizar sin error las cuatro operaciones.

A veces se encolerizaba porque no le entendíamos muy bien. Nos miraba fijamente, los ojos encendidos como dos carbunclos. La nariz filosa y aguileña resoplaba con enojo tenue y ardiente.

—Aprendan a hablar en silencio. Hablar no es pensar. La palabra muerta está demasiado apegada a nosotros. Hay que hacerla vivir en lo que uno hace.

Todo se encarrilaba en seguida, como si no hubiera pasado nada y hubiera pasado todo en el mismo momento.

Siempre reservado, parco, escrutando lo que estaba por pasar, manifestaba sin embargo explícitamente que le agradaban nuestras explosiones de risa y alegría, aun cuando las bromas fuesen a su costa.

V

Eulogio Carimbatá le dijo un día:

—Usted, señor maestro, siempre está serio. Parece un caballo de circo.

—¿Dónde has visto un circo? —fulminó el maestro.

—En ninguna parte... —respondió apocado el espinudo pez de Eulogio.

—Bueno, pues yo soy un caballo de circo —dijo sin inmutarse el maestro.

Nos reímos a carcajadas.

Ninguno de nosotros había visto un circo y menos un maestro que fuera caballo de circo.

El maestro pasó del mito al hecho.

Se convirtió para nosotros en ese increíble caballo. Emitió un relincho muy fuerte que atronó en nuestros oídos. Sopló sobre la clase una ráfaga de frío que nos hizo estornudar a todos y nos obligó a encoger las piernas debajo de los bancos.

Se oyó el corcovear de un caballo en el aula.

Eulogio cayó al suelo de bruces, como si de verdad le hubiera volteado el corcovo de un caballo.

No veíamos a ningún caballo por ninguna parte.

Se oyó el repiqueteo de sus cascos al alejarse, saltando por sobre el cercado de la escuela.

Se veían las tolvaneras de polvo rojo que el galope del caballo invisible iba levantando por las calles hasta que el ruido del galope no fue más que el zumbido de una cigarra.

El maestro era así. De repente intercalaba un hecho imposible en la realidad, fiel a la naturaleza mágica de su alma. Aprendimos con él sin esfuerzo. Hasta los más tarugos. Como si las verdades de la vida sólo pudieran aprenderse de un representado personaje.

VI

Cuando Gaspar Cristaldo apareció, Manorá no existía aún.

Iturbe era un pantanal de barro y azúcar. Nos sentíamos sumergidos en un mar de aloja hecha de melaza negra.

Las avalanchas de agua en las crecientes arramblaban las calles y los caminos, invadían los ranchos, las casas, arrastraban árboles, ahogados, animales muertos, montañas de cañas cortadas y peladas, la desesperación de la cosecha perdida.

El río, padre y amigo del pueblo, cuando se salía de madre, se convertía en su peor enemigo.

No había médico. Gaspar Cristaldo atendía a la gente, sin cobrar nada. Acudía adonde se le llamaba para todo servicio. Atendía a los viejos, a las mujeres solas, llenas de hijos y de miseria.

A los que no tenían ya remedio en su agonía, el hombrecito, que decía no haber nacido, los ayudaba a bien morir.

VII

Fue entonces cuando, sin que nadie se apercibiera de ello, el maestro Cristaldo fundó la misteriosa aldea de Manorá en el mismo corazón del pueblo de Iturbe.

Una aldea invisible como el aire que entra en el cuerpo de una persona y sale de ella permitiéndole respirar, vivir.

Durante algún tiempo nadie sabía, excepto el maestro Cristaldo, que existía esa aldea ni dónde estaba situada.

Él le dio ese nombre: *Manorá*. El-lugar-para-la-muerte. Si un lugar era para el morir, lo cierto era que hasta el morir todo es vivir.

Al maestro Cristaldo le gustaban las contradicciones.

Nos decía que toda la energía del mundo y de la vida se engendra en la oposición de los contrarios.

VIII

Manorá empezó a dar señales de existencia.

Estaba allí. En el mismo pueblo de Iturbe (que antes se llamaba Santa Clara y ahora Manorá). Ocupaba el mismo lugar. El registro catastral era el mismo. No había divisorias entre los dos pueblos, engastados, engarzados uno en otro.

Las mismas casas, la misma gente.

El río, el monte, el cielo, los cañaverales, las lomas altas, el cementerio, eran de los dos pueblos. El maestro Cristaldo hizo revivir la laguna muerta de Piky, canalizando las aguas purulentas y sembrando en ellas plantas purificadoras y balsámicas.

La laguna de Piky se convirtió en un jardín público.

Los sábados y domingos se aglomeraba la gente en los alrededores de la laguna para aspirar esos efluvios y presenciar las carreras cuadreras.

El maestro rechazaba este esparcimiento porque los propietarios de caballos hacían grandes apuestas, en las que a veces se jugaban estancias enteras. Los pobres perdían sus ahorros y el pueblo se volvía más pobre.

Las parejas jóvenes se metían entre los setos olorosos a jazmín y reseda para besarse y hacer el amor, casi a vista y paciencia del público, como la cosa más natural del mundo.

IX

Manorá, por ejemplo, poco tenía que ver con la azucarera. Sí, mucho, con los cañeros, con los obreros de la fábrica, con la gente de las compañías más pobres.

Otro ejemplo: Manorá no tenía autoridades. Ni cura, ni jefes políticos, ni seccionales. Todo eso que era el orgullo de Iturbe y la causa de sus males.

La aldea de Manorá llevaba su modestia hasta hacerse invisible, parecida en todo a la imagen de su fundador.

Iturbe y Manorá no se distinguían en verdad uno de otro, aunque no eran idénticos ni en el clima, ni en el tiempo natural de los días y las estaciones.

El sol, por ejemplo, salía un poco antes en Manorá. Se ponía un poco después.

El tiempo de la caída de un grano de arena.

X

Una telaraña en el alero de un rancho podía juntar Iturbe y Manorá en un mismo temblor por fracciones de segundos.

Cuando la removía el ala de un pájaro, la telaraña temblaba en el mismo tiempo y en el mismo lugar de Iturbe y Manorá. El alero era el mismo, pero estaban lejos el uno del otro.

A la mañana siguiente el maestro hizo un experimento en la escuela con una telaraña de verdad. Puso a Clodoveo Luna en un extremo del corredor y a Consagración Capilla en el otro, a unos cien metros de distancia.

—¡Listos! —gritó el maestro.

Del bolsillo sacó un colibrí que se puso a aletear en su mano. Volaba inmóvil como una sonrisa amarilla pegada a los labios del maestro. Lo acercó a la telaraña. El vibrátil aleteo rozó la telaraña que se puso a temblar como en un escalofrío.

—¡Se mueve! —gritó Clodoveo Luna a lo lejos.

—¡Se mueve! —gritó Consagración Capilla.

Eulogio Carimbatá protestó con sus espinas de siempre sobresaliendo de su cuerpo de pez flaco.

—No vale —dijo—. Ellos son novios. Se pusieron de acuerdo.

El maestro metió el colibrí en el bolsillo. Distribuyó otras dos telarañas, formando cruz con las dos anteriores, el edificio de la escuela por medio.

Mandó a Eustaciano Cabral y a Marisa Ayala a ocupar sus puestos. Ahora no podían verse los cuatro.

—¿Son novios ustedes? —preguntó el maestro.

—Todavía... no... —tartamudeó Marisa.

El maestro sacó otra vez el colibrí del bolsillo. Lo arrimó a la telaraña. El temblor del ala removió los hilos.

—¡Se mueve!... —gritaron los cuatro al unísono.

La telaraña del tiempo es la misma en todas partes, dijo el maestro Cristaldo. Cuando el ala de un maino roza un hilo todo el tejido del tiempo se mueve. Siente el aleteo de la vida. Percibe el latido del universo.

XI

Cuando Manorá empezó a hacerse famosa, las gentes venían en caravanas con ganas de conocer esa aldea que no se sabía muy bien dónde estaba.

No la podían encontrar.

Daban vueltas y vueltas alrededor de Iturbe. Allí, de pronto, se daban de narices y menudencias con el maestro Cristaldo en la escuela, en alguna esquina, en la orilla de la laguna que él había transformado en un estanque de aromas y de salud.

Los que venían de afuera no podían notar que Manorá e Iturbe eran un solo y único pueblo, pero no el mismo.

Preguntaban a los vecinos. Éstos respondían que el pueblo era Iturbe y que no conocían otro con el «apelativo» de Manorá.

XII

Había sin embargo entre ellos profundas diferencias. En Manorá ciertamente, pese a su nombre o gracias a él, ya no moría la gente.

Por lo menos mientras vivió el maestro. Él le puso ese nombre como una conjura y un desafío. Sabía que algún día la muerte iba a volver a aparecer por esos lugares. Pero no mientras él viviera allí.

—La muerte no falta nunca cuando llega la hora —decía cuando le preguntaban sobre el motivo del extraño gentilicio manoreño.

El que sabe esperar, vive. Era su lema, su fuerza, su magia.

Lo último que logró fue desterrar la muerte del pueblo. Nadie se dio cuenta de ese prodigio.

Lo que no pudo desterrar fueron las inundaciones.

Morían los que se iban del pueblo. O los que salían para hacer cortos viajes. No regresaban ni vivos ni muertos. El olvido se encargaba de ellos.

XIII

Cuando hablo de Manorá no es del pueblo de Iturbe, de la antigua Santa Clara que fue su primer nombre, de Itapé, de San Salvador, de Borja, de Maciel o de Caazapá, de la azucarera, de otros pueblos vecinos y de su gente; no es de ellos de los que me estoy acordando.

Hablo de esa aldea que está metida dentro de Iturbe como el carozo del durazno o la ovalada semilla del mango que se queda en hilachas cuando acabamos de rocigar la carne amarilla o rosada.

Daba lo mismo que el pueblo secreto de Manorá estuviese construido en piedra, madera, paja y barro de estaqueo. Al principio, los alumnos creíamos que el maestro Cristaldo, con su costumbre de expresarse en imágenes, hablaba de un pueblo invisible que existía dentro del corazón de los iturbeños.

No era por los ojos, por los oídos, por el tacto o por cualquier otro sentido no conocido como podíamos reconocer la existencia de Manorá.

Sólo podíamos aproximarnos a ese misterio por corazonadas.

El mejor ejemplo de lo que era Manorá lo mostró un día en clase el maestro Cristaldo. Trajo aquella mañana una bola de un material transparente, muy brillante, jaspeado por delgadas capas superpuestas. Dijo que se llamaba cuarzo, un cristal de roca muy apreciado.

Hizo que nos acercáramos a su mesa. En el interior de la bola traslúcida vimos una mancha coloreada, como bajo la luz del amanecer.

La mancha se convirtió en la visión de un pueblo. Todos, a un mismo tiempo, gritamos: ¡Iturbe!

Estábamos encandilados. El maestro nos observaba. Nos miraba de oído y de memoria. Fijaba sus ojos en cada rostro, en los ojos brillantes de los chicos.

Dentro de la visión del pueblo amaneció otro muy semejante, parecido a su sombra y reflejo.

Todos, a un tiempo, gritamos: ¡Manorá! Nos quedamos mudos.

El maestro no decía palabra. Disfrutaba con nuestra sorpresa. Pero también había en su rostro algo como la sombra de una inquietud.

—Así que la bola de cuarzo es el mundo... —dijo burlándose un poco Eulogio Carimbatá—. Dentro de la bola hay dos pueblos que están metidos uno dentro de otro...

XIV

Nos acercamos más. Entonces vimos que sobre Manorá ya brillaba el sol. Iturbe estaba un poco a oscuras todavía en el despuntar de la aurora. La fábrica y la chimenea parecían boca abajo. Los grandes cañaverales parecían haber remontado y ondeaban entre los rosicleres que pintaban las nubes.

Los carros repletos de cañadulce avanzaban chirriando lentamente hacia el ingenio al paso cansino de los bueyes. Las sombras de los conductores montados sobre los atados de caña y de los boyeritos que iban delante de los bueyes se proyectaban, enormes, sobre el campo que había perdido sus orillas. Y todo eso cabía en la pequeña redondez de una bola de cristal oscuro y al mismo tiempo transparente.

La mano arrugada y pequeña del maestro Cristaldo se metió entre las cabezas y se apoderó de la bola de cuarzo.

—Vayan ahora a sus casas, a pensar —nos despidió como ahuyentando moscas...

Décima parte

I

Con los alumnos de la escuela el maestro Gaspar construyó un columbarium en el cementerio, trabajando sábados, domingos y fiestas de guardar.

El maestro explicó un poco de arquitectura romana antigua. Habló del coliseo, el gran anfiteatro circular donde los cristianos eran echados a las fieras y los gladiadores luchaban entre ellos y con las fieras en honor del César dictador, como para que la gente se divirtiera un poco y el tedio no se apoderara del imperio.

El columbarium, en cambio, explicó el maestro, era un mausoleo donde los romanos colocaban urnas y vasijas funerarias. Dijo que nosotros íbamos a construir un columbarium para la gente viva, donde la idea de la muerte fuera desterrada para siempre.

El columbarium quedó terminado en poco tiempo.

A la par que la escuela, el columbarium era el monumento más hermoso del pueblo.

Podía estar en la plaza, en lugar de estar en el cementerio.

Con ese monumento de gracia, de color, de vida, el cementerio mismo podía lucir en la plaza en lugar de la fea rotonda de palo, paja y barro, levantada frente a la iglesia en ruinas.

Después de las lluvias el columbarium parecía un huevo inmenso y transparente de todos colores, acabado de poner. Los huecos de los nichos vacíos daban la impresión de que el columbarium se hallaba encerrado dentro de un coliseo también transparente.

Las golondrinas que venían del frío tejían sus nidos dentro de los nichos. Alimentaban a sus pichones picoteando las velitas de sebo y los dulces de *ka'í-ladrillo* que dejábamos allí para regalo de las almas en pena y de los polluelos de golondrinas y gorriones.

Los escueleros estábamos orgullosos de la obra maestra que nos había hecho hacer el maestro.

Daba alegría ver esa hilera de nichos, todos vacíos, adornados de filetes y filigranas al estilo árabe, que el maestro había pintado con las tinturas del bosque en colores rojos, azules, negros y amarillos. Hasta el negro del oxiacanto era más vivo y alegre que el púrpura del urukú o del achiote. Menos triste que el celeste del mercurio de plomo parecido al color turbio y azulado del ojo tuerto.

Una dicha para ver y recordar siempre.

Allí aprendimos que la muerte no existe cuando no se ve el cuerpo muerto.

Cuando no hay nada que enterrar, nada que recordar bajo tierra, la vida se pasea por todas partes como dueña y señora.

Los nichos vacíos con una flor y una velita encendida ahuyentaban la muerte. Como si la retaran:

—¡Fuera de aquí, cangüetona!

No entendíamos, no queríamos aceptar que con la muerte todo se acaba sin esperanza. Como si el alma de los difuntos no pudiera estar sino bajo tierra, como la de los animales. O bajo agua, como la de los ahogados.

II

En el tiempo de antes la vida en Manorá era una fiesta para nosotros, los escueleros. El maestro Gaspar velaba por nosotros.

A cada cabeza, su seso, decía.

Los domingos y días de fiestas de guardar, el maestro repasaba la pintura de los floreritos, con colores diferentes, de modo que siempre estaban nuevos y luminosos. Se subía a pintar hasta los capiteles de las columnas y las cupulitas del columbarium. Una vez rodó desde lo alto, pero cayó de pie, como los gatos, sin hacerse ningún daño.

Los alumnos barríamos y hacíamos relucir de limpio el columbarium parecido a un panal de muchos colores, a un alhajero de plata, a una colmena cruzada por las franjas del arco iris.

Vivíamos de lo vivo a lo pintado.

Todas las semanas, ida y vuelta, pasaba el tren frente al cementerio con largas pitadas de saludo al columbarium y a la escuela.

El maquinista se sacaba la gorra negra con brillante visera de hule, gritando: «¡Salud, maestro Cristaldo!... ¡Salud... lo'mitaípartida!...»

También los pasajeros nos saludaban con gritos alegres, sacando medio cuerpo por las ventanillas y tosiendo en medio del humo.

Entonces nos parecía que Iturbe y Manorá salían de su aislamiento y se juntaban con el resto del país, mediante el trencito de morondanga que subía y bajaba la frontera de hierro.

La figura de pájaro con ruedas y las pitadas del tren eran las cosas más queridas para los que no teníamos otra diversión que verlo pasar con su inmensa cola de humo.

El ruido del tren resonaba todo el tiempo en el pueblo como un temblor de tierra y de felicidad. Lo oíamos en nosotros aun durante el sueño.

III

El maestro entregó a cada alumno el nicho que debía cuidar. ¡Y guay del que se olvidara de poner su flor en los floreritos de cerámica fabricados y pintados por el maestro!

Los chicos llenábamos los nichos vacíos con nuestro propio deseo. Los más grandullones, con la imagen soñada de sus prometidas o de sus novias secretas.

A veces, hasta con la novia del amigo.

Las chicas eran más honradas y soñadoras. Ponían las fotos de sus artistas de cine predilectos, recortadas de las revistas que llegaban de tanto en tanto de Villarrica.

Yo puse en el nicho que me correspondía cuidar la imagen de Lágrima González, que fue mi prometida de toda la vida hasta los trece años.

Por su aroma y lo pintado, mi flor valió poco.

Lágrima, a los quince de su edad fue a Villarrica a seguir sus estudios.

Allá se le ocurrió dedicarse a otra cosa.

IV

Lágrima rebosaba de vida, de viajes, del yo quiero ahora mismo, del abran paso y anchura que aquí va la hermosura. Tenía cara de no haber suspirado nunca.

Era demasiado buscona. Traviesa de cuerpo. Muy bellacona y tunanta del ombligo para abajo. Era la única chica que se animaba a bañarse desnuda en la playa entre los varones, tentándoles con los contoneos de sus caderas y senos en la danza del vientre.

No era para estar encerrada en un nicho de cementerio, en la flor de la vida, como la flor de un día en un florerito pintado.

No estaba hecha para sentir y soñar lo sutil del vivir. Le gustaba tocar todo con la piel.

Lágrima era capaz de desatar todos los nudos en su apuro, con uñas y dientes, por duros y tupidos que fuesen.

Yo la amaba por eso.

Cuando supe que se había hecho mujer de la vida, la quise mucho más. Había encontrado su camino.

Se había encontrado a ella misma.

Le seguí poniendo en su florerito la rosa más linda, mojada con el rocío mañanero y con mis lágrimas nocturnas. Le enviaba un beso en cada pétalo.

No sufría por ella. Sabía que a Lágrima no le iba faltar nada, nadie nunca. No le iban a faltar hombres. A virgo perdido nunca le falta marido, decía el *signore* Octavio Doria cuando la veía pasar con su leve contoneo de cabrita medio chiflada.

Yo sabía que nada podía ensuciar ni corromper su sangre caliente de animal joven hecho para vivir.

Tuvo muchos nombres, muchos alias. Uno nuevo para cada nuevo amante. Hortensia, Idomenea, Sulama, Florinda, Ninón, Filomena, Leticia.

Se quedó en Lágrima, que era el más alegre, el que mejor le sentaba.

V

El maestro tenía también su limbo de personajes que habitaban los libros de historias fingidas que él había leído y amado.

No se trataba de una biblioteca común ni comunal.

En todo el pueblo no había ninguna.

Eran muy pocos —por mejor decir ninguno— los que en su vida habían leído un libro de esta especie. Y menos aún los que supieran qué cosa es un libro.

El limbo del maestro Cristaldo era exactamente *eso:* un lugar parecido a los sueños, fuera del espacio y del tiempo, donde moraban los personajes de las historias inventadas.

Vivían allí, siempre en presente, en los estados de vida después de la muerte, que únicamente los personajes de la imaginación pueden vivir.

Ese limbo era un estante de la memoria colectiva. La mente poderosa del maestro Cristaldo había podido construir uno de esos limbos, tan necesarios para los pueblos. Lo tenía guardado en la cueva subterránea, situada bajo la laguna.

Él la denominaba mi Taberna de Almas.

Los escueleros sabíamos de este culto que él dedicaba a los personajes que vivían en los libros y cuyas aventuras comenzaban cada vez que alguien abría un libro y comenzaba a leerlo.

Nos llevaba a veces a leernos esos libros, a contarnos sus historias. A imaginar otras, a partir de ellas. A incitarnos a crear limbos que no estuvieran ocultos en cavernas sino abiertos a la comunidad.

—Hay muchos que odian los libros —dijo con un rictus de amargura—. Serían capaces de quemarlos. El jefe político Fidel Enríquez sería el primero en hacerlo. No hay nada que humille tanto a los ignorantes como un libro.

Ninguno de nosotros, ni bajo pena de muerte, hubiera descubierto el secreto del maestro.

Éramos los socios de su sabia vida.

VI

El sacristán espió al maestro y descubrió el misterio de esa gente extraña que tenía escondida en la cueva.

Ni corto ni perezoso, don Gumercindo chivateó al cura sobre el hallazgo inopinado de esa grey clandestina que no era la de la iglesia.

Hubo un gran jaleo en el pueblo.

Con el auxilio del juez y del alcalde, el cura revestido con ornamentos fúnebres, encabezó la procesión de las cofradías.

El jefe político Fidel Enríquez, instigador de la muerte de Leandro Longino Santos, le hacía escolta con su escuadrón de gendarmes montados en soberbios alazanes.

El cura Orrego se llegó hasta la «taberna de perdularios», escondida bajo la laguna.

Solemnemente mandó cerrar «ese antro del demonio —dijo en su violento sermón— donde el maestro tenía asilados y acaudillados a truhanes y gente de avería, salidos de libros blasfematorios y sacrílegos...».

—¡*Vade retro*, Satanás!... —increpó el cura al maestro—. ¡Usted es un maldito negro del demonio!

—Aunque negro soy y no nacido, alma tengo... —replicó mansamente el maestro.

Los personajes se negaron a salir.

Armaron su contraprocesión, dirigidos por el propio Supremo Francia. Éste mandó leer un bando de repudio contra las autoridades abusivas.

El que tocaba el tambor del bando era el sargento músico Efigenio Cristaldo, bisabuelo del maestro Gaspar. Se le veía la gran joroba callosa en el pecho que le había criado el borde filoso del bombo después de haberlo tocado día y noche por más de cincuenta años.

El Supremo Francia exigía mas energía y ritmo al viejo tamborero. Se notaba que quería por fin reivindicarse ante el pueblo, él, que había sido en su tiempo el hombre más culto, el más poderoso del Paraguay.

Los ojos llameantes del Dictador Supremo, la coleta renegrida, el brillo de las hebillas de oro de los zapatos del doctor y dictador, asustaron a los manifestantes, que empezaron a desbandarse.

VII

La grey huyó en todas direcciones al son de las matracas de Semana Santa que sacristán y monaguillo agitaban en la huida.

La rebelión de los personajes había triunfado. Tuvieron, por esta vez, más suerte que los agricultores y obreros cuyas rebeliones eran invariablemente aplastadas con las tropas y los carros de asalto.

VIII

Por largo trecho Don Quijote lanza en ristre montado en su Rocinante y Sancho Panza, en su asno, con su alforja de pan y queso, acosados por perrillos ladradores, persiguieron a los frustrados invasores.

Detrás del Caballero del Verde Gabán iba la numerosa y aguerrida legión de los Buendía, de Macondo, expertos en guerras y revoluciones.

Sombríos, trágicos, funerales, marchaban los personajes de Santa María, la aldea fundada por el uruguayo Juan Carlos Onetti. Llevaban colgados al pecho, en figura, el bolso con el puñadito de cal y ceniza de su hacedor, que no quiso volver al lar natal, ni siquiera a la ilustre villa mítica que él había fundado, y que prefirió convertirse en humo en lueñes tierras.

La Babosa, de Areguá, esperpéntica, en enaguas de maldad, arrastraba su traílla de Furias, salida del libro de don Gabriel. Los huesos euménides entrechocaban haciendo más ruido que las matracas del Vier-

nes Santo, agitadas por el sacristán y el monaguillo.

Iban, cerrando la marcha, Juan Precia-
do y Susana San Juan. Les seguía Pedro Pára-
mo, muerto, convertido en un montón de piedras, encerrado en un saco tejido con fibras
de cardos y con el largo silencio de los muertos.

Abundio Martínez, el otro hijo natural
de don Pedro, cargaba al hombro el pesado
burujón de rencor vivo, llevando en la mano
el cuchillo todavía tinto en la sangre paterna.

Al pasar junto al borde de la laguna,
Abundio arrojó al agua el bolsón de piedras.

Como atravesada por un fierro canden-
te, el agua hirvió por un instante en un borbollón de espumas y vapor.

En esa fumarola, que encrespó por un
rato la laguna de Piky, se evaporó el señor de
Comala.

Quedó su figura en el libro sin par, que
el maestro Cristaldo guardaba entre sus predilectos, escritos por estos pueblos nuevos
para que los particulares lean.

IX

Volvió a cerrar la cueva con los grandes
bloques de piedra que hacían de puerta. El

centenar de alumnos, más alegres que unas Pascuas, regresamos a la escuela con el maestro a proseguir las clases interrumpidas por el aquelarre autoritario.

Undécima parte

I

A todos los escueleros nos intrigaba la parte en sombras de la vida del maestro.

Nos interesaba, sobre todo, saber qué hacía al anochecer, encerrado en su cabaña lacustre, en invierno y verano. Sólo cuando hacía mucho calor, dejaba entreabierto el ventanuco que daba hacia el copudo tarumá de la orilla.

Nadie se animaba sin embargo a espiar la casa solitaria. El más osado lo habría sentido como una falta de respeto y consideración, si no como un acto de verdadera profanación.

Yo me atreví a cometerlo.

Escondido entre los setos de amapolas y plantas acuáticas que rodeaban la laguna, como una línea defensiva de su soledad, de su voluntad de recogimiento nocturno, comencé a vichar la casa del maestro.

Los latidos de mi corazón retumbaban en mis oídos bajo la presión de un miedo cerval a lo desconocido.

Lo hice varias veces sin resultado alguno.

II

Al principio me limité a un rodeo tímido y asustado de la laguna en los anocheceres calurosos del verano buscando el punto de mira más adecuado.

Mi curiosidad y mi coraje iban creciendo.

Me fui animando cada vez más. Me acercaba furtivamente a la laguna, trepaba al corpulento tarumá, y me ponía a atisbar el ventanuco siempre cerrado.

Encontré un apostadero óptimo en el hueco que un rayo había excavado hacía mucho tiempo en mitad del tronco, como decir en las propias entrañas del árbol.

El rayo no lo mató. Le dio conciencia de su fortaleza. Siempre verde, cada vez más copudo, hacía allí de centinela de la laguna muerta.

La oquedad oval en el tronco era casi una almena de casafuerte. Servía de casilla de correo al único habitante que moraba en la choza lacustre.

Ahora me servía a mí de atalaya.

Para mí, en funciones de espectador, de espía, la entraña hueca del árbol era una butaca que parecía instalada allí a propósito por el acto servicial y quizás premonitorio del rayo.

El trabajo de los comejenes no había hecho sino esponjar y acolchar el hueco tornándolo tan muelle y cómodo como un sillón.

III

Inmóvil, petrificado por la curiosidad y el miedo, debía parecer un búho joven escondido entre el follaje. Los ojos brillantes por la avidez malsana que me consumía y que a la vez alimentaba mi deseo, se hallaban clavados en el redondel del ventanuco, más pequeño que la claraboya de la sentina de un barco.

En uno de estos anocheceres la casualidad o la tenacidad de mi obsesión acabó por gratificar el acto vil.

El ventanuco se hallaba entreabierto. No había una gota de aire. La aceitosa superficie del agua transmitía con toda nitidez los más tenues rumores, hasta el siseo del vuelo de los cocuyos.

En determinado momento creí que mi sitio de observación en el inmenso árbol se hallaba ubicado sobre un invisible viaducto cuyas resonancias vibraban en mi piel.

De pronto escuché la voz del maestro. Hablaba con una mujer.

«¡Dios!..., dije. ¡No puede ser!...»

Sufrí un sobresalto que estuvo a punto de voltearme de la horqueta en la que estaba sentado.

Quise dejarme caer y huir.

El miedo cerval se me trocó en pavor de ciervo herido y me paralizó en la rama.

Un gran ruido cayó sobre mí.

El tren pasaba por la curva de la laguna, coronado de chispas, las ventanillas iluminadas en la oscuridad, como una visión irreal.

Ese tren aparecía en los momentos más inoportunos. De repente surgía como de debajo de la tierra, del tiempo, del susto. De tanto verlo pasar, ya nos habíamos habituado a no verlo. Sobre todo, para mí, en ese momento y desde ese lugar en que mi alma colgaba de un hilo.

La curiosidad insensata pudo más que la prudencia. Esa goma visceral me retuvo en la improvisada platea, ante el escenario fantasmal que de repente y por increíble casualidad se abría ante mí: el ventanuco entreabierto, la luz temblorosa del candil invisible que alumbraba la escena sin mostrar a los personajes.

IV

La voz cascada del maestro sonaba como la de un párvulo. O de alguien más pequeño aún. Pero era su voz, sin duda, reconocible a pesar del registro altísimo y por momentos casi lloriqueante que tenía ahora.

La voz de la interlocutora correspondía a una mujer joven, que hablaba con suave pero firme autoridad respondiendo a los apremiantes requerimientos del párvulo que se expresaba como un adulto en voz de falsete.

V

Dijo el niño, o quien fuera el misterioso párvulo:

«...Cuando usted me dice que yo no puedo acordarme tan lejos, y que ya estoy crecido para andar perdiendo el tiempo en chocheras de chico, yo me callo sólo por fuera.»

«Sin nadie a quien hablar de estas cosas, ya que usted tampoco quiere escucharme, me quedo hablando solo... Puedo malgastar mis palabras. A qué malgastar mi silencio... Me abrazo al horcón, aplasto la boca contra las tablas y siento moverse adentro mis palabras con gusto a la madera podrida, al jugo agrio de las cucarachitas rubias que han llegado hasta aquí... a saber cómo han podido cruzar la laguna... salvo que hayan venido en el bote... Son cucarachas o cualesquier otros insectos de las plantas... Yo los masco un poco y los dejo subir rengueando... Suben y se quedan enredados en las telarañas del techo...»

VI

El estupor no cabía en mí. Creció aún más cuando oí hablar a la mujer:

«...Y usted, escuche, no siga murmurando esas zonceras... No siga dándole todo el día a ese maldito tambor... Igual que su abuelo... No sea temático... Por cabeza hueca usted se va arruinar la vida como su padre con la guitarra... como su abuelo Efigenio, que era tamborero del Supremo Dictador... Tocó el tambor día y noche hasta los ochenta años... Hasta que le creció un callo en el pecho, grande como una joroba, de tanto apoyar allí el borde filoso del instrumento... Cuando no alcanzó más el parche por culpa de la joroba pidió venia al Supremo... Se fue a plantar victorias regias en el lago Ypoá... Vaya a sacar las vacas del corral, en lugar de estar ahí paveando como esos lunáticos de la calle Luna...»

El párvulo la interrumpe:

«...Me apuro a hablar de esos recuerdos de antes de nacer... No hay muchos... No son recuerdos propiamente... Porque yo sigo estando allí... en su vientre... como antes de nacer... y aún después... Yo no tengo con quién hablar de esas cosas... Los muchachos de mi edad, malos de una maldad más grande que ellos, pronto han aprendido a reírse de mí... a atontarme en pandilla con su griterío de loros barranqueros... *Nonato por aquí... Nonato por allá...*»

La voz furiosa de la mujer:

«¿De dónde saca esas zonceras que ofenden a Dios, que me ofenden a mí misma?... ¿De dónde se le antoja a usted, de puro cabeza dura que es, que puede nacer otra vez siendo viejo?... ¿Cómo se le atolondra pensar que un nonato viejo como usted puede entrar de nuevo en el vientre de su madre y nacer?...»

La voz del párvulo se dulcificó hasta el llanto:

«...Señora, no se ofenda... El mismo cura de San Rafael, en la misa del domingo, mencionó las palabras de Jesús a Nicodemo: *De cierto, de cierto te digo, que el que no naciere otra vez no puede entrar en el reino de Dios...* Yo no soy nonato... Yo he nacido de usted y siempre será así, hasta que me muera... Yo entro cada noche en su vientre... Al amanecer nazco...»

Se oye el eco de dos fuertes bofetones.

La voz de la mujer cada vez más ronca y colérica:

«...Déjese de alegar disparates..., que ha salido hace rato de la edad del pavo... No sea retobado... Voy a tener que meterlo en el cuartel para que le saquen esas mañas a puros yataganazos... Hágase hombre de una vez, que yo también puedo faltarle... No sé entonces cómo se va arreglar usted, a la edad que tiene, un paranado sin segundo... A ternero guacho ni madre ajena ni calostro regalado...»

La voz del párvulo, quejosa, doliente, sorbiéndose los mocos de la desesperación:

«...No me haga huérfano usted, señora, antes de nacer... No me haga malquerer la vida antes de conocerla... Mi sufrimiento crece más que el suyo...»

Hubo una pausa larga. Se oyeron sollozos de la mujer y del párvulo.

La voz de éste con resignación tranquila:

«...Un día de estos me iré al puente a oír el retumbo del paso del tren... Meteré la cabeza bajo el agua... Voy a tenerla pegada como siempre al pilote, pero no voy a poner la cañita en la boca... Me quedaré escuchando el retumbo con los dientes apretados hasta que la dentera del ruido se me vaya apagando en los huesos con los otros ruidos que tamborean dentro de mí sin descanso...»

Y no sé más.

Me agarró un mareo en tirabuzón y caí sobre las raíces nudosas del tarumá. Me desperté del desmayo en una especie de embudo que giraba alrededor de mí a gran velocidad y me arrastraba con él.

No recuerdo cómo llegué a casa.

VII

En los días que siguieron nada cambió en apariencia pero todo cambió.

Volví a mi apostadero del tarumá dos o tres veces. Siempre era el mismo diálogo entre la mujer y el párvulo. Como si pasaran una grabación de la escena, siempre repetida.

No era una grabación. La palabra hablada no se reproduce. Habla o se calla.

Tampoco podía pensarse en una escena de ventriloquia urdida por el maestro en este ritual solitario con el cual se flagelaba a cada anochecer.

El diálogo variaba de pronto sobre otros temas.

Las protestas de celos del párvulo contra el padre muerto porque éste quería desplazarlo de su derecho a ocupar el claustro materno. El hombrón muerto lo quería todo entero, para él solo.

En este punto, la interlocución exasperada podía tomar cualquier dirección y tonalidad. Desde la incriminación quejumbrosa del párvulo, a la cólera de la madre, a su indignación, a su rechazo más rotundo. Pero también a la suavidad extrema de la ternura entre madre e hijo.

A la angustia y tristeza de ambos ante la inevitabilidad de la separación absoluta y definitiva.

VIII

Me pareció entrever muy fugazmente la cabeza de la mujer, cubierta por un roto manto oscuro, inclinándose hacia los bracitos resecos de la criatura que tironeaba de su pollera.

En un momento dado, el destello del candil alumbró fugazmente el perfil de una cara acalaverada. No descartaba que pudiera ser un reflejo del vértigo en el que estaba sumergido.

IX

No iba a referir a nadie lo que había oído aquella noche. Nadie iba a perdonarme la bajeza que había cometido.

Nadie iba a creer y menos aceptar la espectacular «revelación», sino como una increíble mentira y como una infamia del «niño sabihondo y patrañero» de la azucarera contra el maestro Cristaldo, para fanfarronear a su costa ante los demás y malquistarlo aún más con las autoridades.

Me había metido en un callejón sin salida y ya no sabía cómo salir de él y reparar mi falta.

Me entregué al remordimiento y a la autocondenación. Más humillantes todavía porque, al menos en apariencia, el maestro no mostraba el más mínimo signo de sospecha con respecto a alguien en particular y menos todavía con respecto a mí.

Seguía siendo él mismo. O aún mejor. Más lúcido, activo y generoso que antes de mi espionaje.

Vibrante en la plenitud de su tremenda energía, y hasta con más sentido del humor y de las bromas, él era quien tomaba ahora la iniciativa.

Parecía incluso liberado de una antigua preocupación que hasta hacía pocos días le hacía fruncir el ceño y desencadenaba en él pasajeros arrebatos por motivos nimios.

X

Me resultaba imposible admitir que sus antenas de percepción casi sobrenaturales no hubiesen captado mi desdichada y execrable acción.

Al maestro no se le escapaba ni la sombra de un pelo de botella.

—No hay astucia ni simulación que pueda encubrir un acto de traición o deslealtad moral —nos había dicho no hacía mucho en una clase de instrucción cívica sobre la responsabilidad de los ciudadanos.

La deslealtad y la traición se delatan a sí mismas como una reacción de su propia naturaleza, nos dijo.

La sangre tiene la cualidad de ser invisible, agregó.

—¿No es cierto? —preguntó en un clamor.

—¡Es ciertoooo!... —aullamos en coro.

Tomó una cuchilla de zapatero y se infirió una herida en el brazo de la que brotó abundante sangre.

—Si hieres a tu mejor amigo, su sangre te delatará. Y no habrá jabón ni agua que lave esa mancha.

El ejemplo de la sangre era bastante alusivo. Me hizo tragar mucha saliva. Ya me sentía cagando de ventana y el culo a la calle, por todos visto y maldito.

Me atreví a pensar que esos cambios en su comportamiento no eran sino una forma de ocultar los efectos que le habría producido el robo de su inviolable secreto, la infame indiscreción de un granuja que era, para mayor escarnio, uno de sus mejores alumnos.

Estrategia muy propia del maestro para pescar in fraganti al culpable.

En el sentimiento de culpa que me embargaba, pensé más de una vez revelar al maestro, en confidencia muy privada, la atrocidad cometida y recibir el condigno castigo.

Me detuvo solamente el temor de que esa revelación podía trastornar para siempre todo el orden en que nos movíamos, y que, en definitiva, no iba a reparar en nada el daño ya hecho.

Podía robar el secreto del maestro. No hacerlo público.

Recordé el refrán del propio maestro Cristaldo:

«A nadie descubras tu secreto que no hay cosa tan bien dicha como la que se está por decir...»

XI

El que empeoró fui yo. La enfermiza curiosidad se transformó en una obsesión que me desvelaba día y noche en una especie de creciente delirio.

Deseaba averiguar más. Anhelaba oscuramente saber más. Descubrir el sentido de esa representación de sombras y de voces capaz de enloquecer a cualquiera.

Quién era esa madre que se negaba a seguir albergando en sus entrañas a la misteriosa criatura nonata que hablaba con la voz del maestro.

Qué escondía esa fantasía de un hombre viejo que entraba de nuevo a refugiarse por la noche en el claustro materno para nacer al día siguiente. Cómo podía explicarse esta suerte de incesante palingenesia que anulaba los plazos mortales y transgredía el orden del universo.

Qué significaba esa sentencia de Jesucristo que condenaba a la exclusión del reino de Dios al que no naciere otra vez.

XII

Los prolijos comentarios de mi padre no me aclararon el enigma de las Escrituras sobre el sentido real o simbólico de esas resurrecciones cotidianas a través del útero materno.

Evitó cuidadosamente el uso de expresiones de este tipo, que consideró fuera del alcance de la comprensión de mis doce años y superaban su propio sentido del pudor de hombre y de padre.

La estantería teológica de mi pobre padre ex seminarista se vino al suelo aplastándolo en una perturbación sin límites.

Por primera vez lo vi totalmente impotente ante un problema de religión originado precisamente en una línea escondida de su venerado Nuevo Testamento.

Hubo varios conciliábulos entre mi padre y mi madre a propósito de la elíptica frase. Espié por las noches, a través de las rendijas del dormitorio, y comprobé que leían y discutían en voz baja la admonición de Jesús al príncipe de los fariseos.

Luego de varios días de dudas y hesitaciones, mi padre me sacó a pasear.

En medio de una locuacidad poco habitual en él, concluyó que probablemente se trataba de un versículo mal traducido del original hebreo. Que iba a consultar el problema con su hermano el obispo, y que volveríamos a hablar sobre el tema.

Nos cruzamos con el maestro Cristaldo. Mi padre se detuvo a conversar con él un momento. Yo me aparté para no escuchar lo que decían. Pero, con toda evidencia, ninguno de los dos albergaba la menor sospecha de lo que había ocurrido. Y menos aún que yo era el delincuente y el testigo de cargo.

—Buena cabeza. Todavía le falta seso —gruñó el maestro dándome unos golpecitos en la coronilla con su mano sarmentosa—. Menos mal que a éste no le alcanzaron las tijeras de la tonsura.

Mi padre tomó a risa la alusión algo injuriosa del maestro con respecto al rastro capilar de sus Órdenes Menores en el seminario.

El maestro caminaba muy aprisa con sus pasitos cortos que desencuadernaban el ritmo de marcha de mi padre y le tenían como agachado hacia tierra.

Mi padre se dobló por la mitad hasta poner su cabeza a la altura de la del maestro.

—Cada uno lleva la tonsura que merece bajo el cuero cabelludo... —díjole palmeándole el hombro respetuosamente.

El ruido del tren ahogó su voz.

El maestro había desaparecido entre el humo y las chispas.

XIII

Mi delirio me infundió la arrogancia de decidir investigar el problema por mi cuenta, de la manera más radical, en el mismo terreno de los hechos.

Mi temeraria decisión estaba tomada.

Una mañana, después de beber el habitual jarro de leche espumosa, recién ordeñada por nuestro Karaí Gaspar, salí con supuesto rumbo hacia la escuela pero no asistí a clase.

Madre me despidió en el portón mirándome largamente con su triste sonrisa como queriendo comunicarme algo.

No dijo nada.

Me puso un pedazo de tortilla en el hule del bolso. Me dio un beso y me dejó partir. Oí que el portón gruñía algo, pero no le hice caso.

Tenía por delante las tres horas en las que el maestro estaría ocupado con la lección de lectura y escritura en los tres grados que tenía a su cargo.

Por la zona más agreste me dirigí sigilosamente a la laguna. Los pobladores trabajaban desde el alba en los cañaverales, en las olerías, en los montes, en la fábrica.

La mañana era soleada y desierta llena sólo con el cálido viento del norte y el infinito bullicio de los pájaros.

XIV

La canoa estaba amarrada a una de las enormes raíces del tarumá. Desaté la cadena y crucé la laguna con rápidas remadas al ritmo del tumulto que sentía redoblar en el pecho.

Desembarqué. Subí en tres saltos la escalerilla. Por una abertura entre las tablas rotas del piso me colé como un ladrón en el pobre rancho.

Me golpeó la cara el acre olor a sudor del maestro. Ese olor que ya formaba parte de su personalidad.

XV

Por todas partes salía a recibirme con mudo reproche la enorme, la impalpable presencia del maestro, hecha a escala de su inabarcable modo de ser, pero también al tamaño en miniatura de su pequeña estatura. Todo era inmenso y diminuto a la vez.

En la cabaña reinaba intocado el orden maniático que le había impuesto su morador. No encontré ninguna ropa o efecto, por pequeño e insignificante que fuera, que pudiera corresponder a una mujer.

Penetré en una especie de trascuarto, apartado por una tosca cortina de lona. Supuse que sería el dormitorio. No vi sin embargo catre alguno que pudiera sugerir una especie de lecho, un lugar de·reposo. Revisé los rincones con el mismo resultado.

XVI

Al borde de la decepción, de repente toqué algo que me impactó con el efecto de una emoción indecible.

Vi el «útero materno» en el que al anochecer el maestro entraba para nacer al día siguiente. Una especie de bolsón que colgaba del horcón principal.

Me aproximé a la bolsa ovalada y descubrí con estupor algo que me pareció un nido de pájaro. Semejaba en realidad el nido de las garzas, el ave que en guaraní se designa con el nombre de *kuarahy-mimby,* la-flauta-del-sol. Estaba hecho con las materias más suaves que se pueda imaginar, pero que yo no acertaba a reconocer.

No eran plumones de aves ni pellejos de animales finamente curtidos, en los cuales la badana había sido golpeada y macerada hasta la transparencia total de la materia orgánica.

Era algo más vivo, pero indescriptible. No se trataba de un objeto construido artesanalmente.

Era más bien una membrana muy suave, pero resistente y flexible, llena de inervaciones, semejante a lo que después sabría que es una placenta humana. Un órgano biológico genuino y a la vez un símbolo material en el que objeto y sujeto se confundían.

Pasé suave, temerosamente, la yema de los dedos sobre esa materia que parecía dotada de su propia sensibilidad. Noté ciertos movimientos reactivos que se desplazaban sobre el tejido de nervios contrayendo y dilatándose en el esfuerzo de expulsar algo.

XVII

Desde el interior sobresalía algo que en un primer momento creí que era una gruesa liana retorcida en nudos y anillos.

El susto se duplicó en mí.

Pasé los dedos sobre esos nudos y circunvoluciones. Los sentí calientes y latientes como irrigados de circulación sanguínea.

No pude reprimir un gesto de náusea viscosa.

No pude seguir. Oí voces. Al principio, borrosamente.

Iba a huir. Me volví. No había nadie en la cabaña ordenada y desierta. Al menos, nadie visible, aunque las voces sonaran en el interior.

XVIII

La voz de párvulo del maestro, primero, luego la voz fuerte, autoritaria, de la madre brotaban ahora nítidamente desde el fondo de la placenta, en un violento altercado.

Lo que decían no lo había oído antes. Luego la voz del párvulo, del viejo nonato, del maestro que creía no haber nacido, volvió a insistir imperativamente en su ruego a la madre de que le dejara entrar en sus entrañas por última vez para volver a nacer.

La madre se negó rotundamente. «¿Cómo quieres nacer vivo de una mujer muerta?... Tu nacimiento acabó con mi vida hace muchos años... Desde mi muerte te maldigo... por haberte engendrado... Te maldigo para que, una vez muerto, no seas enterrado en cristiana sepultura... Y para que tus restos, hasta el último cabello, desaparezcan de este mundo...»

La voz del párvulo repitió su despedida o chantaje de sumergirse bajo el puente para escuchar el retumbo del tren en los pilotes hasta que la asfixia del ahogamiento acabara con él.

La mujer no contestó. Se hizo un silencio total en la cabaña.

El viejo nonato iba a volver de todos modos al amnios primigenio para cumplir allí la maldición materna.

Duodécima parte

I

Aquella madrugada del lunes 14 de junio desperté en el hueco calcinado del tarumá.

No podía decir que había dormido a pata suelta. Pese a la amplitud y comodidad del hueco, mi propia angustia y los dolores del castigo me hundieron en una dolorosa pesadilla. Me encontré al despertar engurruñido, doblado, en posición fetal.

En la claridad brumosa del amanecer había yacido en el agujero como un muerto. Un muerto que continuaba quejándose de toda su vida pasada y sobre todo de la que le esperaba.

Me despertó del todo una vara verde como desgajada del árbol que me golpeó el cuerpo. Abrí los ojos pesados del sueño y entreví que el trozo de bejuco semejaba una regla escolar, tosca y chata, llena de muescas.

La regla volvió a golpearme suavemente en las piernas. La punta cambió del verde al rojo al tocar las úlceras.

Era mi sangre.

II

Me incorporé de golpe y me dejé caer sobre la tierra mojada de rocío. Frente a mí se hallaba un hombre muy pequeño y enjuto de no más de una braza y media de estatura, que me ayudó a incorporarme.

El niño con cara de viejo y el viejo con cara de niño nos miramos. En la lechosa claridad no reconocí en el primer momento al maestro Cristaldo.

—¿Qué haces aquí?

—Me escapé de casa anoche... —respondí en un murmullo.

—¿Por qué te escapaste?

—Necesitaba verlo a usted.

—Me ibas a ver de todos modos en la escuela.

—No podía esperar, señor...

—Quien sabe esperar, vive.

III

El maestro me observó como si me auscultara.

—Estás quemado como una leña. Estás lleno de cardenales, de escoriaciones de látigo. ¿Caíste en un nido de escorpiones, o qué?

A sus preguntas fui asintiendo con gestos.

Me puse de pie en silencio, con la cabeza gacha, frente al hombrecito no más alto que yo.

—Después de los guascazos, papá me ató con lazo trenzado al portón. Sabía que mamá estaría llorando también sin poder venir a consolarme para no enojarlo más a papá —le seguí contando—. Después de mucho forcejear pude liberarme del lazo. Le pedí al portón que me dejara escapar.

«Puedes salir —me dijo—, pero debes volver a la madrugada. Te ataré de nuevo con el lazo. Antes de que se despierte el viejo...»

—Vine corriendo sin parar hasta aquí. El cuerpo me quemaba por todas partes. No pude cruzar a nado la laguna. Quería verlo a usted, maestro Cristaldo.

—¿Para qué? —preguntó el hombrecito, algo hosco—. Yo no recibo a nadie en mi casa. Ni al bichofeo color pytä forrado de viento sur.

—Me sentía morir... —murmuré en un sollozo.

—A cada momento muere un moribundo. ¿Qué querías que hiciese por ti?

—Que me salvara...

—Eso es asunto de cada uno. ¿Por qué fue el castigo?

—Ayer domingo, fue el día de mi cumpleaños.

—¿Y ése fue el regalo de tu padre?

—Era también el aniversario de su casamiento.

—No veo la razón del castigo —dijo el maestro.

—Debía ir con ellos a pasar el día en la chacra. Me hice el enfermo. Les dije que iría más tarde, cuando me pasara el cólico. Les acompañé hasta el portón. Para despedirlos. En realidad, para comprobar que se iban tranquilos y confiados en mi promesa de portarme bien.

—¡Mucho cuidado con largarte al río!... —me intimó papá, amenazándome con un arreador, todavía imaginario.

IV

Pasaba un fotógrafo ambulante, amigo de papá. Le pidieron que les sacara una foto de aniversario. Se pusieron en pose de espaldas contra el portón, que protestó porque quería más espacio para él. Mamá estaba muy hermosa bajo su sombrilla celeste. La felicidad iluminaba el rostro curtido y lleno de cicatrices de papá.

Se besaron largamente ante el ojo oscuro de la cámara y el encapuchado que estaba detrás.

Yo no quise salir. Temía que se descubriera en la placa la cara de mentira que tenía esa mañana, al cumplir los trece años.

El fotógrafo se metió detrás del trípode. Se cubrió con la cortina negra y apretó por tres veces la perilla de goma, una por cada pose distinta.

Les di un beso, les deseé muchas felicidades. Partieron con la canasta del pollo asado y los mejunjes. El aroma exquisito del pollo casi me dio una arcada de verdad y debilitó por un instante el sabor de la proyectada aventura.

El amago de arcada certificó mi presunta indisposición.

—Cuídese, hijo —me recomendó mamá.

—Sí, mamá. Voy a estar un rato en la cama. Después me voy...

No dije: «Después me reúno con ustedes...»

Esa frase no dicha me escoció la boca. Hube de pagarla bien caro.

V

No fui al picnic de la chacra.

El festejo campestre de los aniversarios se frustró.

Me escapé al río con los otros mita'í.

Teníamos que buscar los cadáveres de los que se habían ahogado la noche de la borrachera del sábado.

El maestro tosió. Escarró y escupió un moscón que se le había metido en la boca.

—Nosotros vicheábamos observando desde el yavorai de la barranca, la balsa de Solano —continuó el chico—. Vimos caer al agua a los troperos. Uno por uno. Contamos hasta cinco. Se hundieron para no volver a salir. Leandro Santos dijo: «Vamos a ir a sacarlos en un momentito...»

—Teníamos que sacarlos antes de que se hincharan demasiado. Entonces se vuelven más escurridizos que anguilas. Cuantimás que vienen el juez, el alcalde, el cura, los vigilantes de la comisaría, todo el pueblo en procesión. Ya no se puede más trabajar...

—¿Por qué has hecho eso? —le interrumpió el hombrecito. Su voz colérica, más grande que él, le salía por la espalda.

—Había que salvar a esos muertos... —dije.

—No pueden sacar ahogados por unos nikeles, como si vendieran sus cuerpos. ¡Dónde se ha visto!

—Papá me pegó mucho con su arreador. Me sangraron hasta los talones.

—¡Bien hecho! —dijo el maestro.

VI

Se acercó y empezó a pasar levemente la contera de la regla sobre las escoriaciones y los hematomas. A cada toque de la regla iban desapareciendo. En el lugar de las cicatrices quedaban unas rayas blancas de piel nueva. No podía dejar de llorar a remezones.

—No ha de llorar un hombre grande como usted que salva a los ahogados... —ironizó el maestro.

—Lo peor fue el susto. Papá me mandó a buscar la llave de la casa que habían dejado olvidada en la chacra. Al cruzar la alcantarilla me salió al paso el hombre sin cabeza que viene allí a dormir las noches en que amenaza tormenta.

—No seas patrañero —dijo el maestro dándome un coscorrón.

—Me cortó el camino, señor. A la luz de la luna vi el muñón del cuello degollado. La voz le salía por la garganta rota como el mugido del buey que degüellan en el matadero. Disparé entre los yuyales. No paré hasta la chacra...

Recobré el aliento y seguí contándole al maestro. Al fulgor de la luna la llave brillaba sobre la mesa donde habían comido el asado. Di un largo rodeo por el pueblo para no volver a pasar por el puente del Degollado. En la corrida del regreso la llave se me cayó y la perdí. Papá tuvo que romper la puerta de la casa. Después me rompió a mí.

El hombrecito me golpeó la cabeza con la regla.

—A más de uno tendrían que ponerle la cabeza en su sitio.

VII

En realidad lo que yo ardía por contarle al maestro era lo *otro*. Pero él no dejaba de hacer preguntas.

Al final me animé.

—Quise venir mayormente para pedirle perdón, señor maestro... —dije aprovechando el ataque de tos que le sacó el resuello por un rato.

—¿Perdón? —preguntó sin entender la palabra, con la pasividad más absoluta del mundo.

—Yo espié su casa el mes pasado... Escuché la conversación con su madre sobre ese problema de morir y nacer otra vez... Unos días después entré en su casa y descubrí esa bolsa para nacer tan parecida al nido de la garza del sol...

La expresión del maestro no cambió en lo más mínimo. Era como si yo le hablase de algo absolutamente desconocido para él.

—Lo oí y lo vi yo solo. El secreto no salió de mí...

—Eso lo habrás soñado anoche en tu pesadilla —dijo casi irónico, tras una larga pausa—. El hueco del tarumá es un lugar malsano para que un chico de tu edad se ponga a dormir allí. El zumo de las hojas del tarumá produce alucinaciones. Además el árbol está embrujado desde que el rayo le quemó las entrañas...

VIII

Se oyeron pasos que se venían acercando.

El maestro se volvió y tendió la mano en dirección al ruido de las enérgicas zancadas.

—Ahí viene tu padre a buscarte con el arreador.

Se puso a andar. Yo le seguí, la cabeza hundida en el pecho, la espalda arqueada en espera del inminente castigo.

La voz de mi padre resonó fuerte:

—Así que de conciliábulo los dos, maestro y alumno. Tal para cual...

Levantó el látigo en dirección al hijo rebelde.

—No lo castigue más, don Lucas. Ya está suficientemente castigado... Este chico sufre de pesadillas terribles.

—¡Quién le manda a usted meterse en cosas que no le incumben!

—Me incumben, sí señor don Lucas. Cómo no... —replicó sin inmutarse el hombrecito, sin detener su marcha—. Soy el maestro de su hijo. Mis alumnos me incumben por partida doble. Por los padres y por mí.

—¡Bastantes cosas innobles les enseña con sus excentricidades! Ahora quiere usted además azuzar su rebeldía, levantarlo contra mi autoridad.

—Jamás lo haría si no se trata de una injusticia.

—¿Me acusa usted de haber cometido una injusticia con mi hijo?

—Los castigos excesivos por lo general suelen ser injustos y los vuelven más rebeldes —dijo el maestro con un hilo de voz—. Crueldad no es saber. Y poder hacer no es hacer poder.

—¡Este chicuelo díscolo y mentiroso pudo ahogarse en el río!

—Entre perder la vida en el río salvando ahogados y hacerle enloquecer de susto no hay mucha diferencia. Por más díscolo y mentiroso que sea, el chico puede enloquecer si usted lo desloma a rebencazos por cualquier travesura y encima le manda a enfrentar al decapitado de la alcantarilla.

Mi padre se puso lívido y estalló, sin poder contenerse.

—¿Qué cosas está diciendo, viejo mentecato, miserable nonato? ¿Cómo puede hablar de locura o de vida alguien que cree no haber nacido?

—No toque usted, señor don Lucas, misterios que no puede entender. Lleve usted a su hijo... Cuídelo con alma y vida para que sea hombre de provecho...

Yo me quedé atrás para no seguir escuchando la discusión. Todavía oí que el maestro decía: «No olvide, don Lucas, que hasta el morir todo es vivir...»

IX

El maestro iba erguido en su braza y media de estatura, sin disminuir el ritmo de su marcha. Los pasitos cortos hacían trastabillar las zancadas de mi padre que le costaba mantenerse a la par de su interlocutor.

Dije: ¡Qué alto es mi padre! Sobre todo cuando está enojado... Parecía caminar en puntas de pie.

Noté que mi padre se iba calmando. El tono de su voz se suavizó y me pareció que le estaba pidiendo disculpas al maestro por haberle ofendido.

El maestro marchaba silencioso, impasible, pensando en sus cosas, como si sus pies no tocaran el suelo.

La pelusa rosada del amanecer ponía una especie de tenue luminosidad en el ala de su oscuro y estropajoso sombrero de paño.

Vi a mi padre que se doblaba y torcía para mantenerse a la altura del maestro y no interrumpir el hilo de su hablar. Daba la impresión de que iba caminando de espaldas. Una posición tan forzada era imposible mantener por largo trecho.

Las largas piernas de mi padre se enredaban en extraños pasos de danza. Perdió el equilibrio y cayó de bruces sobre el polvo del camino.

El maestro se detuvo, serio, afligido.

Tendió la mano de pasita de uva a mi padre. Mi padre se la tomó y se incorporó escupiendo tierra.

La escena pintoresca y absurda me hizo reventar de risa por dentro y logró que me olvidara de las penurias sufridas.

Sólo dije: «Papá y el maestro Cristaldo son iguales de altos.»

Decimotercera parte

I

Seguía al tren, abismado en mis pensamientos.

De un modo extraño, sentía de nuevo, súbitamente, el vago anhelo de retornar al pueblo natal, que a veces solía invadirme en la cárcel con punzante nostalgia...

«Lo haré cuando salga de aquí...», me consolaba sabiendo que eso no sucedería.

La vida son deudas que no se pagan. Son largas cosas que no se cumplen.

Ahora mismo, en este tren de un siglo, luego del largo y moroso recorrido de otro medio siglo por los subsuelos de mi memoria, resurgía, denso, entrañable, insistente, el deseo de retornar a contravida al pueblo de mi niñez.

Junto con este deseo me estaba penetrando cierta amnesia sobre mi situación. Experimentaba la sensación de que una vida otra comenzaba para mí en este viaje. Ya no era un hombre del pueblo peregrino.

Era un viajero que regresaba al lar natal.

Un fugitivo, sí, pero al mismo tiempo un desconocido envuelto en la sombra de un misterio al parecer impenetrable para los demás.

Me estaba acostumbrando a mi nueva identidad. Mi cara, mi aspecto, resistían bien los reactivos de las miradas más linces.

El instinto profesional, infalible, de la ex pantalonera y ahora soplona, que me había cosido los primeros pantalones largos, tampoco me había reconocido, pese a la lupa de sus sospechas, a sus insidiosos interrogatorios, a la telepatía infecciosa de los hechos que suceden en un momento determinado juntando largos intervalos de tiempo.

La pantalonera me hacía las braguetas más largas. El «pijero», decía ella. Me alababa el tamaño de la virilidad naciente.

¡Que Dios le conserve esta gracia, mi hijo!

Usted ve, doña Silveria Zarza, ex pantalonera de Manorá y actual soplona de la policía, le habría querido decir ahora, ve usted que su agüería de aquel tiempo no me ha servido para un carajo.

II

Tras muchas cavilaciones decidí descender furtivamente en Manorá, pasara lo que pasara.

Con ello iba a evitar la horquilla de los puestos policiales de frontera, que ya habrían recibido el alerta de la Técnica en el caso de que hubiesen desmontado el túnel y verificado la identidad de los enterrados, entre los cuales sólo faltaba uno.

He sido siempre un fronterizo, me dije. El hombre del último cuarto de hora. Vida y muerte sobran a mi vida. Y es mejor que el minuto del fin caiga sobre mí en Manorá.

Esa frontera con su nombre me está llamando al lugar de mi muerte.

III

Por otra parte, no se me ocultaba que este deseo de buscar refugio en Manorá no era más que el ensueño de todo desterrado, de todo prisionero, de volver a sus raíces, de recuperar la infancia perdida.

Lo último que le queda al hombre cuando todo lo demás se ha perdido.

Nadie sabe hasta qué punto ese mito es pérfido y malsano.

Nadie sabe la cantidad de tiempo que necesita el hombre errante para encontrarse a sí mismo, antes de que pueda golpear, como un mendigo inoportuno, la puerta del hogar paterno.

Viene en busca de un hogar que ya no existe.

La vida tampoco deja huellas vivas. No es más que el irle pasando a uno cosas en contrarias direcciones.

Las huellas del pie de doble talón del *Pytá-yovai* van escamoteando la dirección de la marcha hacia adelante, hacia atrás, hacia el pasado, hacia el futuro. Tiene que hacerlo bajo la sangre del sol del mediodía. Sólo así el fugitivo logra escabullirse de sus perseguidores en el no-tiempo, en el no-lugar.

Si la sangre como leche del fulgor cenital no gotea sobre las huellas de los pies bifrontes, éstas no plasman rastros fósiles.

El fugitivo cae sin remedio en poder de sus perseguidores.

En la dura intemperie del desierto no hay albergues acogedores. No hay más que rastros de sangre que el peregrino recoge. Los mete en su bolsa y los lleva consigo.

IV

Ningún Hijo Pródigo —otra de las falaces parábolas del Nuevo Testamento— ha vuelto jamás al hogar paterno.

El mismo Cristo no será sino un extraño, un intruso, si logró entrar de nuevo en el Hogar eterno, después de haberse hecho hombre.

La crucifixión y la muerte no redimieron la condición humana. La sellaron para siempre en su depravación originaria. De donde el hombre, ayudado por Cristo, el Primogénito de los muertos, se ha convertido en la bestia más feroz que habita el planeta.

V

Mientras escribo esta queja contra la mentirosa parábola del Evangelio, oigo la voz del maestro Cristaldo que me habla desde alguna parte, fuera del mundo.

«...No se pierde la infancia. Se la lleva siempre adentro. ¿Cómo quieres regresar a un lugar de donde nunca has salido?»

«¿He salido yo acaso de la placenta que me contenía?...»

«Hay lugares que subsisten solos y llevan su lugar consigo. Viajan dentro de ti...»

Tembló un poco la voz. La interrumpieron la tos y catarro que no le han abandonado aún.

Luego dijo: «Salvo que ese lugar se haya llevado su lugar a otro lugar... Pero entonces tú eres el que está perdido y ya nadie te encontrará jamás...»

En todos los libros que he escrito está copiada esta frase del maestro Cristaldo. Imprecación premonitoria. Como si todos hubiésemos nacido fuera de lugar y en tiempo ajeno.

Decimocuarta parte

I

El tren se había alejado mucho. Seguí la lucecita roja de la señal. Lo alcancé un poco después de la estación de Borja.

Me había olvidado por completo de que yo estaba huyendo.

Me sentía activo, desconocido, libre.

No hay día que valga si no es el venidero, decía el maestro Cristaldo. Y también: Quien sabe esperar vive un día después de la víspera.

Hay ocasiones en que uno es hierro de forja. Moldea en lo caliente una espiral inversa a la que está formado. Entonces viene el engaño aparatoso de la simetría.

II

Subí de nuevo al tren. Todo era oscuro, abarrotado de olores roñosos, de ronquidos de fiera.

Ocupé mi asiento creyendo que todos estaban dormidos.

La mujer me acechaba. Lo vi en el girar del fuego de su cigarro. Volteó el pucho a su alrededor simulando cierto temor. Me tomó la mano y me obligó a inclinarme hacia ella.

—Usted me preguntó ayer de esos tres señores que viajaban en el tren —dijo en voz baja, sibilinamente.

No oí la frase y tuve que hacérsela repetir.

—Esos señores son altos capos de la policía. Bajaron en la estación de Villarrica. Tienen allá un gran trabajo. Le voy a contar un secreto del que me enteré por casualidad...

Puso la mano como pantalla sobre su boca. Hizo una pausa calculando los efectos.

—Va a haber un muerto en Manorá —dijo con acento agorero.

—¿Quién va a ser ese muerto? —pregunté con naturalidad, casi con indiferencia.

—Un maestrito anciano que se hace todavía el gallito subversivo. Este secreto me puede costar caro. Pero me pareció que a usted le gustaría salvar la vida de su antiguo maestro. No entiendo por qué esos prójimos de edad tan ida se meten en estos asuntos... Encontraron unos papeles del viejo en la cárcel y el plano de un túnel para la evasión de los prófugos...

III

¿Que pretendía la soplona con la revelación de un «secreto» tan burdo, que no se sostenía en sí mismo?

El maestro Gaspar Cristaldo había muerto hacía muchos años.

Se ahogó en la laguna Piky como él mismo lo había pronosticado en su conversación con su madre muerta.

El maestro pereció en su intento de salvar a unos chicos de la escuela, arrastrados hasta allí por los raudales.

Otra inundación, como la que lo trajo en vida cuarenta años atrás, lo llevó muerto.

La creciente se llevó con él a nuestro *karaí* Gaspar Gavilán.

Prefirieron partir juntos a ese lugar de ninguna parte, de donde habían venido.

IV

Recuerdo muy bien aquella helada mañana del 13 de junio, en la que el pueblo quedó huérfano de sus dos diminutos patriarcas, encarnados uno en otro.

Todos los niños de la escuela fuimos a cantar el himno ante el cuerpo del maestro

Cristaldo, sumergido en las cenagosas aguas de la laguna.

Pequeño, oscuro, deforme, cubierta la cara de costras de hielo, se nos antojó la cara de un feto con cara de anciano que nos miraba debajo del agua, como envuelto en trozos de espejo.

Recuerdo muy bien su entierro en la noche de los fuegos flotantes, el llanto y la aflicción de toda la gente del pueblo, que acudió en procesión, desde las más lejanas compañías, a darle su último adiós.

Fue un falso entierro. El maestro no tenía ataúd. Su canoa había desaparecido. Tampoco encontramos su cuerpo. Sólo se pudo enterrar la caja vacía que Pachico Franco ofrendó a su memoria. La tuvimos que llenar de naranjas y frutos del país.

El cuerpo de nuestro *karaí* Gaspar fue rescatado en la alcantarilla del desagüe. Ya estaba muy reducido por la edad y por los diez días de haber estado hundido en la ciénaga, saturada por los ácidos de la fábrica.

Le enterraron en la caja de una criatura, como años antes se había hecho con Macario Francia, que había sido la memoria del pueblo.

Karaí Gaspar no era sino la imagen del olvido colectivo.

Decimoquinta parte

I

¿Qué quiso decir la soplona cuando me reveló el secreto, que «podía costarle caro», alertándome sobre el supuesto complot que se tramaba contra el ya extinto maestro Cristaldo?

Silveria Zarza, la antigua pantalonera, en la actualidad soplona de la policía, hacía de lo oblicuo la clave de su profesión.

Por cálculo propio o por indicaciones de la Técnica, el aviso de la mujer trataba de inducirme a descender en Manorá, donde los mellizos Gaoiburú, mis enemigos de infancia, aguardaban para liquidarme.

La trama se iba cerrando con el drapeado de un tejido fantasmal. La mujer sabía que el maestro ya no existía. No ignoraba que la simple mención de su nombre era un poderoso acicate en clave para que yo descendiera en Manorá.

II

Durante mi larga y abstraída caminata por la trocha, al costado del tren, la imperceptible mutación de los astros había puesto en orden las cosas de este bajo mundo. Les había dado un sentido del cual yo estaba ausente, como si ya no formara parte de lo que iba sucediendo: un grano de arena rodando sobre la inmensa masa de la materia en movimiento.

III

Estaba por llegar el tren a la estación de Iturbe-Manorá. A lo lejos parpadeaba el farol de señales acercándose. La presencia del pueblo invisible aceleró mis latidos.

En noches de luna se hubieran visto las casas, el campanario desmochado de la iglesia. Ahora el pueblo estaba enterrado en la oscuridad.

El fuego de la caldera no alumbraba sino el interior de la máquina y la cabeza rubia del maquinista que iba comiendo naranjas.

IV

Con los ojos cerrados fui contando las casas que se escalonaban junto a la vía férrea. Iba nombrando en un susurro a los vecinos más conocidos. No sólo los nombraba. Los veía a todos y a cada uno, como a la luz del día, en el recuerdo que, en los chicos, dura toda vida.

Contemplaba las fachadas, las puertas, la gente sentada en las aceras. Iba señalándola con la mano. Iba saludando a cada uno con el pensamiento.

Saqué la cabeza por la ventanilla. Sentí los ojos húmedos como la vez en que me alejé del pueblo en este mismo tren.

La brisa me escarchó los párpados.

No iba a poder divisar en la oscuridad la gran curva de las vías que rodean la laguna de Piky.

Silveria Zarza había dicho que habían cegado la laguna con un zócalo de mármol y levantado allí el templo de los evangelistas.

A la pantalonera y soplona no se le podía creer todo lo que inventaba.

Cuando el tren se detuvo, entre el chirriar de los frenos y el silencio de los pasajeros dormidos como muertos después de la tercera noche en vela, me adelanté hacia la salida en medio de bultos, atados y equipajes, jaulas con pájaros y perrillos ladradores, ahora dormidos como sus dueños.

Alguien, al pasar, me aferró la muñeca con una fuerza suave y a la vez descomunal. Pensé en Guido Salieri, el mono lascivo de la soplona.

Toqué la mano que me oprimía. Era una mano de mujer. La mano de Bersabé, húmeda de úlceras todavía ardientes.

Adiviné su rostro inflamado en la oscuridad. Sólo veía el brillo de sus ojos. Y en esos ojos, el palpitar de su corazón que la muerte y la soledad habían macerado y roto para siempre.

Tiró de mi brazo, me hizo bajar la cabeza y me dio un largo beso que ardía en fiebre.

No podía entender ese gesto inexplicable. ¿Quería significarme algo la muchacha muda? ¿Retenerme? ¿Agradecer a un hombre que la había mirado con ternura? ¿Despedirse de un condenado a muerte?

Me desprendí como pude de esa garra a la que la desgracia comunicaba tanta fuerza, tanta desesperación.

Me escurrí por el lado contrario a la estación y me lancé a las tinieblas.

V

Choqué contra un vagón de carga descarrilado en una vía muerta. Me recosté contra las chapas abolladas y me quedé contemplando la sombra del tren perfilado por el reverbero del farol.

Oí al final los gritos del jefe de estación. Reconocí la voz un poco gangosa de Máximo Florentín.

El toque de la cascada campana dio la señal de partida. El maquinista hizo sonar el silbato que quebró en añicos el silencio del pueblo.

El tren se puso en marcha. Lo vi alejarse con su herrumbroso estrépito. Los faros de la locomotora iban horadando la noche con sus haces amarillos.

Diminuto, arriscado, invisible, el tren parecía ahora inmenso. Tuve la impresión en ese momento de que la locomotora centenaria me recordaba vagamente a alguien.

No era un parecido físico sino de destino. Pensé en el hombrecito de edad indefinible. Mi maestro fue. Mi mejor amigo. Mi deudo inolvidable. Mi impagable deuda.

¿No venía acaso a Manorá a buscarle a él, a que me enseñara la última sabiduría? Un ser ínfimo, irrisorio, dotado de energía sobrehumana.

Un ser natural en lo sobrenatural.

Nacer otra vez tras las muertes sucesivas constituía el mayor poder del maestro.

No me iba a sorprender en absoluto saber que continuaba viviendo en su cabaña lacustre. Verlo bajar como siempre de su bote al pie del tarumá, su árbol protector, y caminar rumbo a la escuela en la mañanita húmeda de rocío, sin prisa, sin edad, erguido, oscuro, siempre el mismo y siempre diferente.

Con la muerte del maestro Cristaldo también Manorá se perdió, desapareció. Acaso sólo se ha vuelto invisible, cansada, perseguida por la violencia, por la perversidad de los hombres.

La aldea muerta, al igual que el maestro, puede nacer otra vez.

Y cuando ella sea recobrada arraigará con tanta fuerza en el corazón de los iturbeños y de los manoreños, que no volverá a perderse. Nada podrán contra ella la ambición de poder, la discordia, la persecución, la violencia.

El sol saldrá a la misma hora para todos. Las noches recobrarán el perfume de los antiguos tiempos. Las historias que habitan la memoria de los hombres, las mujeres y los niños, ya no podrán borrarse porque estarán escritas en el corazón de los futuros tiempos.

VI

A lo lejos, en la curva que contornea la laguna, se iba perdiendo la lucecita trasera del tren. El punto rojo desapareció.

A partir de ese momento, no supe adónde ir. Me movía como un autómata. El dolor de la chapa acanalada del vagón en ruinas me punzaba el hombro con un dolor lejano.

Empecé a caminar a la deriva. Descubrí que iba andando por el viejo terraplén, en el que trabajó mi padre, medio siglo atrás, cuando no era más que un peón para todo servicio, durante la construcción de la fábrica.

Mis pasos se orientaban a ciegas, pero con seguridad. Los ojos y los oídos no veían ni oían nada. Salvo el murmullo de las casuarinas. No olía nada, salvo el aroma de los lapachos en flor.

El olor de melaza fermentada del ingenio empezó a llegarme como desde otro tiempo.

No era época de zafra. Se oían ruidos fantasmas. Imaginé el ingenio tumbado como un pesado buey a orillas del río.

El terraplén llevaba a las casas del ingenio, una de las cuales había sido la nuestra.

Entraría furtivamente por el portoncito verde antes de que nadie se percatara de mi presencia, como cuando era un muchachuelo.

VII

Mientras caminaba en lo oscuro, iba pensando en el portón verde.

Lo contemplaba en mis recuerdos. Seguramente habrá desaparecido, pensé, como tantas otras cosas de aquel tiempo. Ahora me parecían borrosos períodos de fiebre.

Ese pequeño portón verde abre y cierra esta historia.

No puedo entrar en el Manorá de aquel tiempo si no es por ese cancel plantado sobre la raíz firme de las cosas. Estaba allí, en el traspatio de la ruinosa casa que nos dieron para habitar, a cincuenta metros de la barranca del río.

Si todavía estaba allí a despecho de los años, de las inclemencias del tiempo, de los hombres, de los infatigables comejenes, del sol al rojo blanco que calcina hasta las piedras, ese portón tendría ahora más de cien años.

Su pintura verde corrugada, su madera llena de grietas, parecía sin embargo intacta y cambiaba de color según los estados del tiempo.

Mi madre sabía, observándolo, cuándo iba a llover. Anunciaba tormentas, sufrimientos, muertes; pero también las alegrías de la vida, la visita de algún ser querido.

Cuando mi padre le echaba cadena y candado, el portón se volvía violáceo de bronca. Sólo recobraba su color natural cuando la serenidad devolvía a mi padre la sonrisa y éste le sacaba del cuello la pesada cadena y el candado.

Entonces el portón me dejaba salir.

VIII

Ese portón estaba allí desde antes de la construcción de la fábrica; al menos antes de que yo naciera.

La casa que nos dieron para habitar fue la primera que existió en el lugar deshabitado y boscoso. Mi padre se ingenió para restaurar la ruina abandonada y hacer de ella un albergue habitable.

No quiso tocar por entonces el portón. Decidió cercar y amurallar el patio trasero que daba al río. Yo tenía dos años. «Pero va a crecer —decía a mi madre—, y entonces la tentación del chico será la barranca y el agua embrujada del río.»

Cuando el río estaba bajo, la barranca de asperón tenía allí siete metros de altura. En el fondo se arremansaban las aguas de un remolino subterráneo. Una roca puntiaguda como un cuchillo emergía del remanso apuntando al cielo.

Fue siempre el terror de mi padre, acompañado por la angustia de mi madre. Me veían ya ensartado en el cuchillo de piedra, como ya había ocurrido con otros chicos del pueblo. Y no se les ocurría cómo evitarlo.

—Tendremos que mudarnos a otra casa —suplicaba, mi madre—. A un rancho del pueblo.

—Tiempo al tiempo —dijo mi padre.

Lo único que hizo fue plantar alrededor de la casa una empalizada de amapolas, reforzada con alambradas de púas que prefiguraban un campo de concentración o una trinchera.

Encadenó al portón. Poco a poco se olvidaron de él. La gente no puede vivir sola, sin tener alguien con quien comunicar sus pesares, sus secretos más íntimos.

El portón se hizo amigo mío.

IX

Un chico volvió a ensartarse de cabeza en la roca puntiaguda.

El nuevo accidente renovó la angustia de mis padres. El portón no podía quedar cerrado todo el tiempo. *Karaí* Gaspar debía meter las vacas por la tarde y sacarlas por la mañana después de ordeñarlas. El anciano poseía una copia de la llave pero no podían confiar en su desmemoriada cabeza.

Padre clausuró definitivamente el portón con doble juego de cadena y candado. A partir de ese momento el portón se sintió poseído por la dignidad de sus funciones. Un poco neurótico, pero en el fondo de sana y generosa madera, cobró su autoridad plena.

X

Como en una niebla recuerdo aquella mañana malhadada del picnic campestre que organizaron mis padres para celebrar el aniversario de sus bodas y el de mi cumpleaños, al que yo falté.

Las fotos que papa y mamá se hicieron sacar por el fotógrafo ambulante, apoyados contra el portón, marcaron aquel día aciago con un fenómeno inexplicable. Dejaron una huella escalofriante que afectaron mucho a mis padres, a mis dos hermanas y a mí.

La revelación de todos los negativos en los que el portón sirvió de fondo, mostró como en una velada sobreimpresión, casi ectoplasmática, mi cuerpo atado con un lazo trenzado para vacunos a los tirantes del portón. La imagen aparecía casi a espaldas de mi padre. Pero solamente en esas tomas del portón. Las fotos sobre otros fondos habían salido limpias y nítidas.

Reclamó mi padre al fotógrafo que borrara esa mancha que nada tenía que ver con las poses tomadas aquella mañana.

Fue algo totalmente imposible de lograr para el pobre hombre. La imagen nebulosa resistía todos los lavados y planchados.

—Esa imagen —se disculpó el fotógrafo—, esa «mancha» como usted dice, don Lucas, no es culpa de mi máquina, ni de los negativos, ni del revelado. Esa imagen está *impresa* en el portón. Y de allí —agregó el hombre—, ni agua ni lejía que la borre. A menos que usted mande quemar ese portón que parece empayenado.

Mi padre optó por romper las fotos «embrujadas». Arrojó los fragmentos a la basura. Se olvidó el asunto; al menos dejó de comentarse el asunto en público y en privado.

XI

Este incidente actualizó para mí el enigma del portón.

Algo de pulsación humana palpitaba en la materia forestal de ese destartalado portón, destinado a resistir en la intemperie hasta el fin de los tiempos.

Estaba allí plantado por alguien, tal vez por el primer poblador de ese villorrio cubierto de palmeras y de grandes extensiones de caña de azúcar.

El portón marcaba una frontera prohibida. Un límite que no se podía traspasar y desde el cual no había retorno.

Como en todo misterio, insondable o ilusorio, se podía decir que el portón estaba allí desde el tercer día de la Creación.

Eso, claro, no quería decir nada. Pero *ese* portón estaba allí desde el tercer día de la Creación.

La salvaje soledad había endurecido su madera de petereby. Le había salvado el alma, si se puede decir así.

XII

Ese portón, de un modo incomprensible, tenía un alma. En aquel tiempo «alma» no era todavía un juego de palabras para mí.

Transmití a mi madre la cuita.

—Todos los seres vivientes alientan una especie de ánima —me respondió—. Más primitiva que la de los seres humanos. Pero un alma al fin. Todos la tienen. Los gatos. Los perros. Las plantas. Las orquídeas gigantes que me traes de los bañados. Tus luciérnagas. Seres animados por un ánima.

Le pregunté si el portón era un ser animado. Sin ninguna hesitación me contestó que todos los objetos en contacto constante con los seres humanos acaban volviéndose seres animados. Toman sus virtudes y sus defectos. Se parecen en imagen a sus dueños.

La respuesta de mi madre explicaba así, por lo menos en parte, el papel que tuvo el portón en nuestra casa. Su relación conmigo durante la infancia. Su obstinación en permanecer allí como un guardián y un vigía.

Un voluntario de tiempos más heroicos. No un mercenario de esta edad miserable.

Ahora, después de tantos años de ausencia, puedo decir que aquel pequeño portón estaba también algo tocado por una especie de locura. Tenía vida propia pero esa vida estaba poseída por la locura.

La locura de servir.

XIII

Cuando fui traído por mi madre a los pocos meses de edad, la mole rojiza del ingenio de azúcar estaba creciendo lentamente.

El pequeño portón verde ya estaba allí. Eso solía contarme ella. Tuve que vivir y crecer para verlo.

Sin noticias de mi padre, hacía más de dos años, mi madre resolvió venir a Iturbe para saber de él y reunir a la familia.

No podía saber que los hombres que se habían enganchado como empleados de la futura administración no eran más que peones a destajo para todo servicio.

Madre bajó del tren y vio a lo lejos la chimenea, la mole a medio construir del ingenio. Se orientó hacia allá, de seguro también trasteada por las ortigas gigantes y las cañas. Llevándome en brazos siguió este mismo terraplén que estaba andando yo ahora, construido por grupos de cuadrilleros.

Se dirigió hacia ellos.

Venía buscando a su esposo. Quería decirle con su presencia que el amor no es cosa que humilla ni que se oculta. Vivir es obligación siempre inmediata y continuada. Quería estar a su lado, poner en sus brazos al pequeño hijo nacido en su ausencia.

La criaturita vibrante gimoteaba asustada del llanto de sus padres, del susto de la cuarentena de esclavos que contemplaban ese recuadro inverosímil, temblando con los colores luctuosos del iris entre el polvo y la luz, entre el cielo y el infierno.

¿De dónde había nacido yo, sino de lo que esa mujer y ese hombre, aún desconocidos para mí, habían cortado de la vida diaria en un tiempo que ya no les pertenecía y que a mí comenzaba apenas a pertenecerme?

XIV

Los hombres detuvieron el trabajo. Apoyados en sus palas y en sus picos, debieron contemplar sorprendidos, casi alucinados, esa visión de la bella mujer de rubia cabellera y ojos celestes que iba acercándose con el crío en brazos.

Alguien se adelantó hacia ella, negro de sol, de sudor, como quebrado por una agónica fatiga. Un hombre semejante a un leproso, la nariz y las orejas comidas por el terrible parásito de la lehismaniosis. Charles Nicolle no había descubierto aún el terrible parásito.

Lepra o lehismaniosis era lo mismo.

El hombre se cubrió la cara con el rotoso sombrero de paja, preso de terrible turbación.

Mi madre le preguntó si conocía o si tenía noticias de un tal Lucas Rojas, empleado del ingenio.

—¡María!... —sollozó el hombre sin atrever a acercarse con su rostro de ecce homo.

—¡Lucas!.. —clamó mi madre rompiendo en llanto y abrazándose a él.

No hubo más que esas dos palabras, esos dos nombres, como salidos de ultratumba.

El cuello de encaje de mi madre y el de mi ajuar de criatura quedaron maculados de sangre y de pus.

XV

Mucho tiempo después, en su lecho de muerte, a los noventa años, padre recordó por última vez, con la última lágrima, aquel reencuentro. Se culpaba aún por no haberle escrito para evitarle la humillación de que él, su esposo, el caballero del mundo elegante de Asunción, no era más que un triste peón de cuadrilla del ingenio que se estaba levantando en la jungla.

«¡María... amor mío!...» Fueron sus últimas palabras.

Ése fue el réquiem que él entonó a la esposa, muerta en Manorá en la plenitud de su belleza y de su juventud. Las mismas palabras de hacía cincuenta años, que él seguramente repitió sin cesar en su corazón hasta el último suspiro.

Ay Madre de dolor y de ausencia... vengo a buscar el último suspiro que dejaste enterrado en la huerta, cuando caíste junto al portón.

Ya no se abrió para ti, aferrada a tu pequeño racimo de legumbres para el almuerzo de padre.

Estabas caída de bruces, pequeñita sobre el gran sueño.

Padre se hincó sobre las alverjillas y las flores de eneldo desparramadas por el suelo. Recogió tu cuerpo y te llevó en sus brazos hacia la casa, hacia la noche, en el mismo momento en que yo oía tu voz llamándome muy suavemente en un rincón de la celda.

Decimosexta parte

I

Sentía el olor de la melaza fermentada, cada vez más cercano.

Avanzaba trastabillando en el terraplén, trasteado por los ramalazos de las ortigas, de las cañas, de mi mortal ansiedad.

Avanzaba sin cesar hacia ese origen que quedaría siempre fuera de mi alcance.

Es inútil continuar... —dije entre mí.

En ese momento reconocí el lugar. Ya no existía la casa. Sólo un pequeño baldío cubierto de maleza. El portón estaba ahí, ladeado, casi en ruinas. Me acerqué, empecé a tocar su madera contra la cual el tiempo y la intemperie se habían ensañado.

No pudimos hablar. El portón ya no podía girar ni chirriar sobre sus goznes herrumbrados. Había perdido el habla. Yo tenía un nudo en la garganta.

Le di un largo abrazo hasta hacer crujir sus tablas carcomidas. Creí que me quedaba pegado allí para siempre.

—Voy a ir a ver al maestro Cristaldo... —le dije sabiendo que ese adiós era definitivo.

II

El vaho de la madrugada estaba subiendo. Desanduve el camino rodeado por islas flotantes de niebla.

Caí de bruces varias veces sobre las huellas hondas de los carros. Los pies descalzos tocaban, miraban el suelo y me guiaban.

El aire, los olores del boscaje iban dándome la cercanía de los antiguos lugares. Llegué por fin a las vías en las que el pálido brillo de una luna en cuarto menguante rielaba tenuemente.

Empecé a caminar sobre los durmientes rumbo a la laguna muerta de Piky. Las astillas de esa madera de un siglo se me clavaban en las plantas de los pies, me avisaban que iba despierto. A medida que me aproximaba a la laguna me sofocaba su hedor.

Sentí que el viento había dejado de soplar. El viento siempre deja de soplar un momento antes de que se sepa lo que va a suceder.

III

Al comenzar la curva el fugitivo vio delante de sí un resplandor. Parecía girar sobre sí mismo, a la altura del pecho de un hombre.

El hombre se fue acercando y vio que el resplandor provenía del tronco de un árbol que se estaba quemando por dentro.

Una lumbre viva como de mil gusanillos en llamas que se retorcían en la entraña del árbol.

Nunca había visto una luz semejante. Toda luz es siempre nueva, recordó que el maestro Gaspar solía decir. Pero ese resplandor allí se le antojó que venía del fondo de los tiempos.

La deflagración silenciosa alumbraba en redondo parte del campo.

IV

La casa del maestro había desaparecido. El hombre la buscó en vano en todas direcciones.

En ese no ver de tanto querer ver anhelaba que la desaparición fuera mentira. La verdad se le impuso desde dentro.

Se acercó al árbol chisporroteante.

El corazón le dio un vuelco. El árbol con el vientre en llamas era el tarumá inmenso, envuelto en el resplandor de sus entrañas que se le estaban quemando con el rumor del fuego vivo.

El hombre temblaba a cada destello, esperando en la imposibilidad del mundo el milagro de lo posible.

Esperaba que la choza lacustre surgiera ante él en medio de la laguna y que el maestro Cristaldo viniera hacia él en su bote, sabiendo de antemano que eso ya no podía suceder.

Con una rama seca, a modo de pala, empezó a cargar de ramas y hojas secas el hueco ardiente. Las llamas se avivaron con violencia, como si dentro de ellas restallara el fragor del viento.

V

El pasado estaba allí, en ese hueco ardiente, de repente inmóvil, sin desperdicios, quemando sus impurezas.

El hombre se despojó de los andrajos que aún colgaban de él. Quedó completamente desnudo.

Estaba entrando en el mundo, por el fondo de todo lo creado, libre de recuerdos, de nostalgias, de pesares, de remordimientos.

Recogió del suelo el cuaderno de apuntes y lo puso debajo del brazo.

VI

En medio de la niebla mortecina vio avanzar las siluetas de los mellizos, empuñando sus pistolas. Oyó sus voces roncas que le llamaban por su nombre con un odio antiguo y desmemoriado.

Sin prisa, con movimientos lentísimos de alguien que se mueve ya dentro de un sueño, el hombre anotó una última palabra en el cuaderno. Lo volvió a poner bajo el brazo y apoyándose en una de las raíces del árbol, subió a acostarse en el hueco.

El cuerpo flaco, lleno de cicatrices, desapareció por completo entre las llamas.

VII

Un instante después sonaron los disparos.
Los proyectiles se incrustaron entre los leños encendidos, esparciendo una lluvia de chispas gordas como gusanillos de luz.

Los hombres se abalanzaron hacia el hueco ardiente y acribillaron el fuego con otra andanada de disparos.

7 de marzo - 1 de julio, 1994

Este libro
se terminó de imprimir
en los Talleres Gráficos
de Unigraf, S. A.
Móstoles (Madrid)
en el mes de abril de 1995